# *E-Z DICKENS SUPERJUNAK TRETJA KNJIGA:*

## RED ROOM (RDEČA SOBA)

Cathy McGough

Stratford Living Publishing

Za tiste, ki verjamejo...

# Vsebina

„Junak je običajen posameznik, ki najde moč, da vztraja in preživi kljub velikim oviram.“


Christopher Reeve

# PROLOG

MINILO JE DVE LETI in bil je prvi december, E-Z-ov petnajsti rojstni dan. Čeprav je bil zunaj hud mraz in so okoli njih frčale snežinke, so bili njegova družina in prijatelji trdno odločeni, da bodo zabavo organizirali zunaj, kjer so pripravili ogenj, da bi se ogreli, in žar.

Zdaj, ko sta bila Samantha in Sam poročena, je bilo Dickensovo gospodinjstvo še bolj zaposleno. Na obisku prijateljev ni bilo nikoli dolgčas.

Sam in Samantha sta se poročila na majhni slovesnosti, ki je potekala na matičnem uradu. Lia je bila poročna priča, E-Z je bil najboljši mož, Alfred, labod trubač, pa je bil nosilec prstana.

Lia se je norčevala iz Alfreda, ker je bil oblečen v mornarsko modro pentljo in nič drugega. Alfreda ta pozornost ni vznemirila, saj je vedel, da je v dobri družbi z drugimi, na primer z nekdanjimi britanskimi premieri.

„Če je veliki Winston Churchill menil, da je metuljček dovolj dober zanj, potem je dovolj dober tudi zame!" Alfred je dejal.

„Prav tako je kadil veliko debelo cigaro!" E-Z je dejal. „Upam, da tudi ti ne boš začel kaditi ene od njih."

Lia se je zasmejala.

„Zrezki so pripravljeni!" Sam je poklical. „Če so vam všeč redki, pridite po njih zdaj."

Le Samantha se je približala s pripravljenim krožnikom. „Tvoj sin si danes želi redke," je dejala in se božala po trebuhu.

„Kar hoče moj sin, to dobi," je rekel Sam in dvignil zrezek na ženin krožnik. Potegnila je v sredino, medtem ko je mož zraven dodal pečen krompir in nekaj špargljev.

Samantha je grizljala šparglje in se odpravila do mize za piknik. E-Z-jev rojstni dan je načrtovala do potankosti in veliko časa je porabila za okrasitev mize s predmeti, ki so se nanašali na rojstni dan. Usedla se je in pečen krompir prerezala na pol, mu dodala kislo smetano, drobnjak, maslo in nekaj soli.

E-Z, Lia, Alfred, PJ in Arden so ostali na mestu, saj je bilo ob ognjišču večinoma topleje. Stric Sam ni maral, da so se ljudje zadrževali okoli njega, ko je skrbel za žar, zato so se držali stran od njega. Poleg tega so imeli vsi radi dobro pripravljene koline, to pa jim je dalo tudi priložnost, da so se sami pogovarjali in nadoknadili zamujeno.

„Kaj menite o naši spletni strani o superjunakih?" E-Z je vprašal.

PJ in Arden sta se pogledala, nato pa skomignila z rameni.

„Dajmo," je rekel E-Z. „Kaj si o njej zares mislita? Vem, da ste si spletno stran ogledali, saj mi je stric Sam pomagal pregledati podatke. Nisem imel pojma, da lahko izvemo toliko informacij, na primer, kdo obiskuje našo spletno stran, koliko časa se zadrži in kaj si ogleduje. In prepoznal sem vaše naslove IP. Povejte mi, kaj menite o tem?"

„Celotno resnico? Brez zadržkov?" PJ je vprašal.

„Brutalna resnica?" Arden je dodal.

„Da," je pritrdil E-Z. Znižal je glas do šepeta. „Stric Sam je odlično opravil svoje delo. Še vedno pa ne ciljamo na pravo občinstvo, saj nimamo skoraj nobenega prometa. Poleg vaju dveh in IP-naslova, ki se nahaja v Franciji, nismo imeli skoraj nobenih zadetkov.

„Nekaj ljudi, tako kot vi, se je nekajkrat vrnilo in si ogledalo spletno stran, vendar ne ostanejo dolgo. Stric Sam je predlagal, da bi morda morali začeti izdajati novice, da bi se ljudje prijavili in jim pošiljali posodobitve, vendar ne vem. Dandanes vsi pripravljajo novice in zdi se mi, da je to veliko dela. Stric Sam mi je pokazal, da se jih je prijavil na približno petdeset!

„Kar zadeva prošnje za pomoč - kar je tudi razlog, zakaj smo odprli spletno stran -, so nas doslej prosili le za stvari, s katerimi se ukvarjajo lokalni uradniki, kot sta policija in gasilci. Ni mi všeč zamisel, da bi mi hiteli reševati mačko na drevesu, gasilci pa bi se pojavili v polni opremi, da bi opravili isto delo. To je neučinkovito za njih in za nas. In nerodno je, ko se pojavijo ravno takrat, ko mi zaključujemo z delom. Njihov čas je dragocen - vsak dan rešujejo življenja. To se mi zdi nespoštljivo, če veste, kaj mislim? Rešujejo življenja in so 24 ur na poti.

„Mislim, da moramo zahtevke izločiti iz njihovega področja, da jim ne zapravljamo časa in jim ne otežujemo dela, kot ga že imajo. Opravičujem se za tako dolg govor, toda ko pomislim na vse, kar so storili po nesreči mojih staršev ...“

PJ in Arden sta se približala in zašepetala. Nista želela prizadeti Samovih čustev - navsezadnje nista bila strokovnjaka - ali tvegati, da bi ju slišal in jima zažgal zrezke.

„Uh, popolnoma razumemo, kaj misliš,“ je rekel PJ. „Poleg tega sta policija in gasilci osnovni službi in sta plačana za reševanje ljudi. Vi pa ste prostovoljci.“

„Torej je njihova spletna stran in njihova spletna prisotnost v družbenih medijih drugačna, kot bi morala biti vaša,“ je dejal Arden. „In imajo veliko osebja na več ravneh, ki vse to vzdržuje in posodablja.“

„Medtem ko vaša spletna stran potrebuje nekaj bolj superherojskega - če je to sploh beseda - in manj korporativnega. Kot legende, po katerih hodite. Oglejte si nekatera spletna mesta, ki so bila vzpostavljena zanje - in to so izmišljeni liki. Predstavljajte si, kaj bi lahko naredili, če bi sledili njihovemu zgledu,“ je dejal Arden.

„Po čem? Vem, da imate nekaj idej, zato jih delite,“ je dejal E-Z.

„No, kot ste morda ugotovili, smo med seboj naredili nekaj možganskih neviht. In sestavila sva predstavitveno spletno stran - ni v živo in ne bo, dokler je ne odobrita -, kakšna bi lahko bila vaša spletna stran. Je na mojem telefonu. Oglejte si jo in si oglejte, kaj imamo v mislih, ter razmislite o možnostih, saj sva jo naredila precej hitro." PJ je pritisnil start. Trojica se je nagnila k njemu.

Na zaslonu so se najprej pojavile besede: „Dobrodošli na superherojski spletni strani *Trojke*." Nato se je povečal E-Z v animirani obliki. Sedel je na invalidskem vozičku, kot bi pričakovali, oblečen v črno majico, modre kavbojke in tekaške copate.

E-Z si je pogladil lase, ko je videl, kako je črna črta na sredini njegovih svetlih las podobna steklemčki. Na to se ni mogel nikoli navaditi.

„Kaj je to na moji majici, kavbojkah in čevljih? Je to logotip? In kako ste me spremenili v risanko?"

„Da, to je logotip. Mislili smo, da je angelsko krilo kul in primerno," je rekel Arden.

„Z aplikacijo smo te spremenili v risanko," je rekel PJ. „Nekaj sva uredila tvoje roke. Upam, da nismo pretiravali."

E-Z's si je pobliže ogledal, kako je animirana različica njega samega prekrižala roke. Zdaj so njegovo pozornost pritegnile njegove precej bolj obsežne podlakti in lica so mu zardela. Izgledal je kot ponesrečenec, pozer. Ali so njegovi prijatelji res mislili, da je tako videti bolje? Ko se je na krilih zaslona pojavil E-Z, se je zgrozil. Vzpenjal se je v zrak in kazal s prstom.

To je bila prva predstavitev Lii. Prišla je tudi v animirani obliki. Lia je bila od glave do peta oblečena v vijoličasto kombinezonsko obleko s tutujem. Svetle lase je imela tesno spete v čop, nad očmi pa je imela vijolična sončna očala. Ko se je sprehajala po zaslonu, je bila videti poskočna, prijazna in prikupna. Obrnila se je in se ustavila kot model na modni stezi ter pozirala.

E-Z se je posmehnil; ni si mogel pomagati.

„No, vsaj nisem videti kot pozerka z umetnimi mišicami!“ je rekla.

E-Z tega ni komentiral.

Animirana Lia je iztegnila roke naprej, z dlanmi obrnjenimi proti tlom. Nato jih je obrnila. Levo oko na njeni dlani se je odprlo, nato pa še desno. Sinhrono sta pomežiknila. Lia je zadržala pozo, nato pa pisknila skozi prste.

„Želim si, da bi to res znala!“ je rekla in poskušala posnemati animirano različico sebe.

E-Z je žvižgal.

„Pokaži se,“ je rekla in ga brcnila s komolcem.

Na zaslonu se je pojavila Mala Dorrit. Bila je elegantna in ženstvena ter bela kot sneg. Enoroginja je priletela do Lije, pristala in spustila glavo, da jo je deklica lahko pobožala. Lia je vskočila, Mala Dorrit pa je poletela poleg E-Z. Obvisela sta, nato pa obrnila glavi.

To je bil Alfredov znak. Njegov svetlo oranžni kljun v obliki risanke se je v svetlobi lesketal. Bil je v neposrednem nasprotju z njegovo rdečo metuljčico iz sladkega jabolka. Ko je stopal proti Lii in E-Z, so njegove pajčevinaste noge škripale, kot bi bile prisesane.

„Moje noge ne proizvajajo tega zvoka!" Alfred je rekel.

„Uh, tudi one ne," je z nasmeškom dejal E-Z, medtem ko je Alfred na zaslonu razprl krila in odletel na stran svojih dveh tovarišev.

*Trije so* pozirali. E-Z je bil na sredini, Lia na levi, Alfred na desni. Potem se je zgodilo. *Trojica* - no, Lia in E-Z sta dvignila palca. Alfred pa je z roko dvignil krila.

„To je nerodno," je E-Z zašepetal Alfredu.

„Brez šale!"

„Pšššš," je dejala Lia, ko se je na zaslonu oglasil glas. To je bil Ardenov glas, vendar je bil njegov ton nižji. Zvenel je kot voditelj oddaje.

„Če potrebujete superjunake ... E-Z, Lia in Alfred - znani tudi kot *Trojka* - so vam na voljo štiriindvajset ur na dan, sedem dni na teden. Pokličite ***-***-**** ali pošljite sporočilo prek družbenih medijev.

Ko potrebujete pomoč, pokličite *trojko*. Takoj vam bodo priskočili na pomoč... Nanje se lahko zanesete... saj so najboljši, kar jih lahko vidite. Štiriindvajset ur na dan, sedem dni v tednu... zadovoljstvo zagotovljeno."

„Zdaj pa sledi veliki zaključek," je rekel Arden.

*Trojica* si je zlagala roke na prsih. Alfred je zložil krila.

„To ni mogoče," je rekel Alfred.

„Pšššš," je rekla Lia.

Vsak s svojo brado, potisnjeno naprej, drug za drugim *so Trije* zavzeli pozo.

PJ je pritisnil pavzo.

„Glede na to, kar ste rekli o pristojnostih, bomo morda morali spremeniti ta del," je dejal. Pritisnil je start.

„Nobeno delo ni preveliko ali premajhno za nas!" Oglasila se je računalniška različica E-Z-ovega glasu.

Nato se je krog na sredini zaslona vrtel in vrtel, kot bi wi-fi poskušal najti signal. Na zaslonu se je pojavila beseda BAM! Nato se je na zaslonu pojavila beseda SOCKO!

Gledali so, kako E-Z rešuje mačko, ki je obtičala visoko na drevesu.

„O, brat," je rekel.

Glas njegovega animiranega lika se je nadaljeval.

„Mi smo Trije

Tukaj smo za tebe!

Mačka je obtičala na drevesu...

Spustili ga bomo!"

Prikazano je bilo, kako E-Z izroča rešenega mačka družini.

„To se nikoli ni zgodilo," je dejal.

„Vzeli smo si malo pesniške licence," je priznal Arden.

„Lahko popravimo vse, kar vam ni všeč," je dejal PJ.

Na zaslonu se je spet pojavil krog, ki se je vrteli in vrteli. Ko se je ustavil, se je na zaslonu pojavila beseda BANG! Sledila je beseda ZIP!

Na zaslonu je animirani E-Z rešil letalo, polno potnikov. Ko je letalo spustil, je na stotine čakajočih opazovalcev na vzletno-pristajalni stezi zaploskalo.

„Zdaj je to bolj podobno," je dejal.

„Pššš," je rekla Lia.

Na zaslonu je E-Z rekel,

„Ker smo tvoji prijatelji!

Naše storitve so brezplačne.

24/7

Ker smo *Trije*!"

Spet krog, ki se vrti in vrti. Sledi BINGO! In BAM!

Zdaj je bilo reševanje na toboganu poustvarjeno v animirani obliki. Bilo je zelo dobro. Tako natančno, da so lahko vonjali sladkorno nitko in karamelno koruzo.

„Oh!" E-Z je rekel.

Lia je zaploskala.

Alfred je stresel vrat z ene strani na drugo, kot bi ga pred kratkim poškropili z zelo mrzlo vodo.

„Všeč mi je!" Lia je rekla. „In hvala, da ste vključili mojo najljubšo barvo. Kako si vedel?"

„Opazil sem, da jo pogosto nosiš," je rekel PJ. Njegova lica so zardela. „Zelo sem vesela, da ti je všeč."

„Kaj misliš, E-Z?" Arden je vprašal.

Alfred je pogledal v E-Z-jevo smer.

„To je bil," je rekel E-Z, "dober trud."

„Večerja je pripravljena, pridite po njo!" Sam je poklical.

„Najprej naj gre rojstnodnevnik," je rekla Samantha.

E-Z se je z Alfredom odpravil čez dvorišče.

„Govorimo o popolnem času," je rekel.

„Ja, tista dva sta še vedno piflarja," je odgovoril Alfred.

„Toda njuna srca so na pravem mestu. To je pametna zamisel, a za nas malo pretirana."

„Malo?" Alfred je zavpil.

„Okej, veliko, vendar sta poskusila. Lahko obdržimo, kar nam je všeč, ostalega pa se znebimo."

Ko so vsi dobili hrano, so sedli za mizo za piknik in jedli. Nebo se je spremenilo in svetle zvezde so napolnile nebo okoli njih. Najedli so se, potem pa je Samantha prinesla rojstnodnevno torto, ki jo je spekla, in vsi so zapeli „Vse najboljše!"

„Govor! Govor!" Arden jo je pobaral in kmalu so se ji vsi pridružili.

E-Z je nekaj sekund premišljeval.

„Hvala, ker ste mi pripravili poseben petnajsti rojstni dan. Rad bi si vzel minuto časa, da se spomnim svoje mame in očeta ter da z vami delim spomin na rojstni dan. Če je to v redu? Obljubim, da ne bom tako soplaven."

Vsi so prikimali.

Samantha, ki je bila, odkar je zanosila, vedno soparna. Pa naj je šlo za srečne ali sedanje solze, si je eno obrisala, še preden je sploh začel. „V redu sem," je rekla, ko jo je Sam objel z roko.

„To je bilo na moj peti rojstni dan. Nisem želela zabave in sem prosila, da bi šla raje gledat film. Namesto da bi iskala v časopisu, kaj je na sporedu, sva se odločila, da bova prišla in se na kraju samem odločila, kaj bova gledala. Rekli so, da lahko izbiram, ker sem bil rojstnodnevni deček."

Za trenutek je zaprl oči.

Znova je bil tam, v gledališču. Tam je bila mama, oblečena v parako. Na ušesih je imela glušnike in si je drgnila roke, kot je to vedno počela. Mama je vedno nosila rokavice in se pritoževala, da so njeni prsti mrzli.

Oče je imel čez kavbojke oblečen modri plašč do kolen. V mestu ni maral nositi klobuka, ker bi mu razmršil lase. Njegove roke so bile brez rokavic. Potisnil jih je v žep plašča skupaj s ključi.

E-Z je zavohal zrak. V kinodvorani je vonjal maslene popcorne, ki so čakali, da vstopijo in jih naročijo.

Ogledovali so si plakate.

„Kaj pa tale?" je rekla mama.

„Ne, E-Z ima raje tega?" je rekel oče.

Spet je odprl oči.

Namesto na dvorišču z družino in prijatelji je bil spet v silosu - spet. Tja se ni vrnil, odkar so nadangeli odstopili od dogovora.

„Vse najboljše!" je vzkliknil glas v steni.

V steni poleg njega se je odprla plošča in iz nje je izskočil keks. Na vrhu je pisalo: „Vse najboljše, E-Z." Na sredini je bila ena sama sveča, ki je bila že prižgana.

„Uživajte!" je rekel glas in na mizo poleg njega vrgel nož in vilice.

„Hvala," je rekel. „Zakaj sem tukaj?"

„Čakalna doba je štiri minute," je rekel nadležni glas. „Prosimo, da ostanete na svojih mestih."

Kot da bi imel pri tem kakšno izbiro.

# POGLAVJE 1
## PREKINJEN ROJSTNI DAN

E-Z SE NI DOTAKNIL keksa, ki je bil pred njim, čeprav je bil videti in dišal odlično. Spraševal se je, kaj se je dogajalo na njegovi zabavi. Vsaj vedel je, da torte ne smejo razrezati, dokler ne upihne svečk in si kaj zaželi. Nekakšna rojstnodnevna zabava doma, na kateri ga sploh ni bilo!

„Spravite me od tu!" je zakričal. „Zamujam na zabavo za svoj petnajsti rojstni dan in bil sem sredi pripovedovanja zgodbe."

Streha silosa se je odprla in Eriel se je kot strela v nevihti dvignila proti njemu.

„Vesel sem, da te spet vidim, nekdanji varovanec," je rekel.

„Občutek ni obojestranski. Zakaj sem tukaj? Mislil sem, da sem z vami končal, in danes imam rojstni dan - moram se vrniti k njemu."

„Da, opravičujem se za čas - vendar nismo mogli dopustiti, da bi tvoj rojstni dan minil, ne da bi ti vsaj zaželeli nekaj lepega."

„Uh, hvala, mislim."

„In ker ste tukaj, zakaj se ne bi udeležili svojega rojstnodnevnega keksa? In ne pozabi si kaj zaželeti - potreboval boš vso pomoč, ki jo lahko dobiš!" nadangel je zasmejal.

Poleg E-Z se je odprlo okno in iz njega je prišla mehanska roka s prižgano vžigalico. Prižgala je knot in se tako hitro umaknila nazaj v steno, da se je vžigalica sama od sebe odklopila. Spraševal se je, kaj je pomenila zadnja pripomba, vendar je pomislil, da ga Eriel le navijal. Njegovi možgani so bili prazni. Ni se mogel spomniti niti ene stvari, ki bi si jo želel. Razen tega je bil spet v hiši, kjer je s prijatelji in družino praznoval svoj rojstni dan. Ko je upihnil svečo, je Eriel zapela pesem. To je bila glasbena priredba pesmi: „Ker je veselo dober fant, česar nihče ne more zanikati."

„Brez žalitve," je rekel E-Z, "ampak ti moraš peti Vse najboljše."

„Pomembna je misel," je rekel Eriel. „Zdaj, ko smo zaključili rojstnodnevni del vašega obiska, nas zanima, ali ste že rešili uganko?"

„Uganko? Kakšno uganko?“

„Da, predlagali smo vam, da poskušate najti povezave - v vaših preteklih preizkušnjah. Se spomnite, ko smo rekli, da vas ne želimo hraniti z žlico? Si imel pri tem kaj sreče?“

„Oh, to se mi ni zdelo prednostna naloga ali uganka, ki bi jo moral rešiti, še posebej, ker ste se odrekli svoji ponudbi. Ampak ja, pisal sem v svoj zvezek, si beležil stvari, ki smo jih do zdaj dosegli, in opazil sem nekaj povezav z igrami na srečo, vendar so bile povsem naključne.“

„Naključne! Vsekakor ne. Dogodki so povezani - to lahko vidi vsak!“ Eriel je govoril tiho, da ne bi izgubil živcev.

„Oprostite, ampak naključja se dogajajo ves čas. Ali veste, koliko otrok igra računalniške igrice? Iskal sem po spletu. Leta 2011 je pisalo, da enaindevetdeset odstotkov otrok, starih od dva do sedemnajst let, igra vsak dan. To je približno štiriinšestdeset milijonov otrok po vsem svetu.“

„Aha, tako da si se osredotočil na to. To je dobro. Si o tem ugotovil še kaj drugega? Ali kakšne pomisleke? Kakršen koli razlog, zakaj bi morali še dodatno raziskati - raziskave so dobre. Pobuda je zelo, zelo dobra.“

„Ne. Sem precej zaposlen, z drugimi stvarmi - s šolo in še čim. Poleg tega, če hočeš, da se s tem še naprej ukvarjam - najprej me boš moral prepričati, da gre za kaj več kot naključje. Preveril sem še nekaj statističnih podatkov. Na primer, med igralci je več deklet kot kdaj koli prej. Številne so ustvarile podjetja na YouTubu in se s tem preživljajo. Seveda ne gre za otroke, vendar je po statistikah, ki sem jih prebrala na spletu, od leta 2019 šestinštirideset odstotkov igralcev iger na srečo deklet.“

Eriel se je z dolgim in koščenim prstom dotaknil brade, kot da razmišlja o tem, kar mu je povedal E-Z. „Ah, spet sem navdušen. Se ti ti statistični podatki ne zdijo zaskrbljujoči?“

„Uh, ne, ne zdi.“ Globoko je vdihnil in izgubil potrpljenje, da bo zamudil rojstni dan. „Ali je pomembno, da to storimo danes? Ali me ne moreš pripeljati sem kdaj drugič? Nič od tega, o čemer se pogovarjamo, ne zveni kritično.“

Eriel je prenehal tapkati in njegova desna obrv se je dvignila. Zazrl se je v rojstnodnevnika.

„Ali pa je?“ E-Z je vprašal.

Eriel je počakal, preden je odgovoril. Z jezikom se je ovil okoli besed, kot da bi imel težave z njihovim izgovarjanjem. Dvignil je višino glasu v sopran in rekel: „An-y-thin-g el-se a-bou-t tho-se t-wo in-ci-de-nts? An-y-thin-g to ca-use a-l-a-rm? Da bi si pod teboj ustvaril ž-ž-ž-ž-ž-ž-ž-ž-ž-ž-ž-ž-ž-ž-ž-ž?“

E-Z si je želel, da bi Eriel to izgovoril in prešel k bistvu. Ni se želel spraviti v zadrego z navajanjem očitnega ali z napako.

„Rafael je imel prav, da si precej debel.“

„Hej!“ E-Z je zakričal. „Če potrebuješ mojo pomoč, jo boš dobil na zelo čuden način.“ S prstom je potegnil po glazuri na kolačku in ga posesal. Okus je bil dober, kot sladkorna vata. „Ubijanje. Eden je poskušal ubiti mene, drugi pa je ubijal ljudi v trgovini. Oba sta dejala, da so bili njuni motivi povezani z igro.“

„To je bil zadetek v polno,“ je rekel Eriel.

„In?“

„Ni važno!“ Eriel je izginila skozi strop in pela: „Debela kot opeka, debela kot opeka, debela kot opeka, debela kot opeka.“

E-Z je dvignil pesti v zrak. „Vrni se sem in mi to povej v obraz!“

Erielov smeh je odmeval in se odbijal od sten.

**PFFT.**

„Uh, hvala," je rekel E-Z, potem pa se je spet znašel doma, na svoji zabavi. Vsi so bili zaposleni, igrali so igre, počeli svoje stvari - kot da ga sploh ni bilo tam -, česar pa ni bilo.

Gledal je, kako je Sam prišel na vrsto pri žogi za lestve. Pri tem ni bil posebno dober, vendar je E-Z vseeno šel k njemu in si ogledal njegov drugi poskus. Ko je končal z metom in povsem zgrešil cilj, je šel k nečaku.

„Vidim, da se še vedno trudiš osvojiti to igro," je dejal E-Z.

„Ja, to je pridobljen talent. Kam si šel?"

„Eriel mi je med drugim želel zaželeti srečen rojstni dan."

„Uh, to je bilo lepo od njega. Ali ne?"

„Saj ga poznaš. Nikoli ne naredi ničesar brez motiva. V tem primeru je želel, da na podlagi spomina vzpostavim povezavo."

„Spomin na kaj? Tvojih staršev? Na nesrečo?"

„Ne, hotel je, da naredim povezavo med dvema pobudnikoma sojenja. Kar sem, mimogrede, tudi storil. Potem je odšel in rekel, da sem debel kot opeka."

„Kako nesramno!" Lia je vzkliknila. Prisluškovala je, ker se je ob igri metanja žogice neumno dolgočasila.

„In to na tvoj rojstni dan," je rekel Alfred. Bil je še bolj brezupen kot Sam, saj je moral žogice metati s kljunom.

„Želiš poskusiti?" PJ je vprašal in podal žogico E-Z-u, ki je prestavil svoj stol pred tarčo, nato pa vrgel žogico. Žoga je zadela zgornjo stopnico, se nekajkrat zavrtela in pristala v premijskem položaju.

„Tako se to dela!" Sam je rekel.

„S PJ-jem sva ves čas igre metala takšne mete," je dejal Arden.

„Aha, ampak ti nisi moj nečak," je odgovoril Sam.

Zabava se je nadaljevala, dokler se ni stemnilo, da bi igrali še kakšno igro, in vsi so se odločili, da ne bodo prepevali. PJ in Arden sta se odpravila domov, medtem ko so E-Z in preostali člani druščine odšli spat.

# POGLAVJE 2
## TROUBLE

**D**VADNI PO E-Z-OVI ROJSTNODNEVNI zabavi sta se PJ in Arden znašla v težavah.

To je bila Lia, ki je imela vizijo, da je nekaj narobe. Alfreda in E-Z se je spomnila vizije: „Bilo je, kot da sta bila v transu. Oba sta sedela za mizo in strmela v prazne računalniške zaslone.“

„V tem ni nič nenavadnega,“ je dejal E-Z. „Pogosto skupaj igrata igrice in morda sta zaspala.“

„Z odprtimi očmi?“

„Dobro, pojdimo tja,“ je rekel E-Z.

„Sredi noči je!“ Alfred je vzkliknil.

„Vseeno je bolje, da to preverimo.“

Trojica se je izmuznila iz hiše in se odločila, da gre najprej k PJ-ju, saj je bil njegov dom najbližje.

„Mislim, da njegovi starši ne bodo cenili tako poznega obiska,“ je dejal Alfred.

„Razumeli bodo," je rekla Lia in pozvonila na vhodna vrata.

Čez nekaj trenutkov je vrata odprl zelo zaspan moški, ki si je drgnil oči in bil oblečen v pižamo - PJ-jev oče.

„Kdo je?" je iz notranjosti poklicala njegova mati.

„To so PJ-jevi prijatelji," je rekel oče. „Je kaj narobe?"

„Uh," je rekel E-Z. "Oprostite, da vas motim, ampak res moramo videti PJ-ja. To je nujno."

„Potem je bolje, da vstopite," je rekel PJ-jev oče.

# POGLAVJE 3
## PREDHODNO

PREJ ZVEČER STA PJ in Arden delala na spletni strani o superjunakih. Posodobila sta informacije in dodala nekaj novih elementov.

V preteklosti je bilo ob prošnji za pomoč v nabiralnik poslano elektronsko sporočilo. Ko se je kdo naslednjič prijavil v sistem, ga je videl in se ustrezno odzval. Z novim sistemom bi E-Z, Arden in PJ takoj prejeli besedilna sporočila.

Poleg tega bi oseba, ki bi zaprosila za prošnjo, prejela samodejni odgovor s časovnim žigom. PJ in Arden sta bila prepričana, da bo ta samodejna nadgradnja povečala zaupanje in na spletno stran pripeljala več prometa.

PJ in Arden sta vzpostavila tudi kanal YouTube s podcastom. To je bila novost, ki sta si jo zamislila med brainstormingom. Z navdušenjem sta o tem povedala E-Z. To bi bil odličen način za povečanje spletne prisotnosti *skupine The Three*. Ustvarili so tudi skupnostni odbor za odprto razpravo.

Sistem je kategoriziral tudi prejeta sporočila. Na primer reševanje mačke z drevesa. Trojka je prejela več prošenj za to storitev. Ker so bili lokalni uradniki bolj usposobljeni za odzivanje na te klice, sta PJ in Arden uvedla modro kodo.

Modra koda je pomenila, da je bila mačka že rešena, ko je E-Z prišel na kraj, da bi jo rešil. Modra koda je pomenila, da mora počakati, da se prepriča, ali je bila situacija rešena, preden se odpravi na pot.

Rumena koda je lahko pomenila, da je nekdo pozabil ključe ali jih zaklenil v avtomobilu. Ko je E-Z prišel tja, je bila situacija že rešena. Tudi v tem primeru je bilo treba počakati in preveriti, preden se odpravite na pot.

S kategorizacijo modrih in rumenih kod bi se lahko E-Z in njegova ekipa osredotočili na pomembnejše klice, tj. rdeče kode.

Rdeča koda je bila takrat, ko so bila ogrožena življenja ali okončine. Od vzpostavitve spletnega mesta so trije prejeli nič klicev iz te kategorije.

Zadovoljni s tem, koliko so naredili, so se odločili, da se malo sprostijo. Pridružili so se igri za več igralcev.

„Tri dekleta,“ je PJ napisal Ardenu.

„Lahko jih vzamemo!“ je odgovoril.

Igra se je začela in sprva se je vse odvijalo kot vedno. Dekleta so se prebijala iz stopnje v stopnjo in pobijala vse, kar jim je prišlo pod roke. Potem pa se je nenadoma vse ustavilo.

# POGLAVJE 4

## PJ'S HIŠA

T R I IN PJ-JEVI starši so se odpravili po hodniku v njegovo sobo. Kar so videli, je bilo večinoma takšno, kot si je zamislila Lia. Razlika je bila v tem, da je bil računalniški zaslon še vedno prižgan. Bliskovito je utripal, medtem ko je PJ videti, da trdno spi.

„Kaj je z njim?" Vprašala ga je PJ-jeva mati. „Moral bi biti v postelji in spati. Poglej njegovo držo. Verjetno je dehidriran. Prinesla mu bom kozarec vode."

PJ-jev oče se je premaknil čez sobo in stisnil sinova ramena. Pričakoval je, da se bo sin zbudil, vendar se ni. Namesto tega je zdrsnil na stolu in bi padel na tla, če ga oče ne bi ujel. Odnesel je sina in ga položil na posteljo.

PJ-jeva mati se je vrnila, postavila vodo na stransko mizico, nato pa položila ustnice na sinovo čelo. „Ni vročine," je rekla.

PJ-jev oče je dvignil sinovo desno veko in videl, da so vidne le beločnice njegovih oči. „Pokličite policijo," je vzkliknil.

„Ne, mislim, da bi morali poklicati našega družinskega zdravnika, doktorja Flannela," je rekla PJ-jeva mati. „Že prej je prišel sem na hišni obisk. Kadar je šlo za nujne primere - in to je vsekakor nujen primer."

„Gospa Handle," je rekel E-Z, "z njim bo vse v redu."

„Seveda bo," je odgovorila, ko je gospod Handle odšel iz sobe, da bi poklical zdravnika Flannela."

Ko se je vrnil, so vsi skupaj tiho čakali in opazovali PJ-ja, kako spi. Kot da bi pričakovali, da bo vstal in se začel norčevati. To bi bilo ravno prav, da bi se razigral. Da bi se delal norca iz njih.

Gospod Handle je bil nemiren in je med sedenjem poskakoval z nogo gor in dol. Vstal je, se premaknil čez sobo in se sklonil, da bi si ogledal trdi disk. Dvignil je nogo, kot da ga bo brcnil, a si je v zadnjem trenutku premislil in potegnil kabel iz vtičnice.

Gledali so, kako se je gospodu Handlu začelo tresti po vsem telesu, dokler ni spustil vtiča. Obrnil se je in stopil proti njim. Za njim se je iz trdega diska valil dim. Nekaj sekund pozneje je razpočil zaslon monitorja.

„Vzemite gasilni aparat!" je poklical Alfred, vendar je E-Z že zgrabil kozarec vode in ga vrgel na škatlo. Zasipal je in se pridružil zaslonu, ki je bil popolnoma mrtev.

PJ-jeva mati je stekla k možu in mu pomagala, da se je usedel. „Zdravnik si bo lahko ogledal tudi tebe, ko bo prišel," je rekla. „Ti imaš veliko srečo. Ne morem prenesti, da bi bila oba poškodovana."

„V redu sem," je rekel gospod Handle.

Vendar se je zdelo, da ni v redu. Bil je bled, malo zelen in malo siv.

„Ne vznemirjajte se," je rekel gospod Handle. „Hvala za hitro razmišljanje, E-Z." Nato je rekel svoji ženi: „Še dobro, da si prinesla vodo."

„PJ bo zelo jezen, ko bo videl, da je njegov računalnik uničen."

„Zdaj, zdaj," je rekel gospod Handle. „Razumel bo."

Očitno se je bolje napolnil, saj so Trojka opazili, da je njegovo dihanje spet normalno, prav tako njegova bledica.

Ker se je zdelo, da je vse v redu, je E-Z omenil Ardena. „Medtem ko čakate na zdravnika, moramo res preveriti Ardena. Mislimo, da je morda v podobnem stanju."

„Pogosto se skupaj igrata igre, ampak kaj za vraga bi lahko povzročilo to?" Gospod Handle je vprašal.

„Ne vem, toda ali imate kaj proti, če grem preverit Ardena?"

„Pojdi naprej," je rekla gospa Handle.

„Lia bo ostala tukaj z vami," je rekel E-Z. „Lahko nas obvešča, in če nas boste potrebovali, se bomo takoj vrnili."

„Hvala, E-Z, in Alfred," je dejal gospod Handle in ju pospremil do vhodnih vrat.

# POGLAVJE 5

## ARDEN'S HIŠA

E-Z IN ALFRED STA se odpravila k Ardenu. Še preden sta uspela potrkati, je vrata odprl Ardenov oče, gospod Lester.

„Kako ste vedeli?" je vprašal.

E-Z mu ni mogel povedati resnice. Namesto tega je improviziral z lažjo. „Z Ardenom sva že vse življenje najboljša prijatelja, zato nekako vem, kdaj je kaj narobe. Ali ga lahko vidim?"

„Seveda, pojdi v njegovo sobo," je rekla Ardenova mati, gospa Lester. „Ne skrbite. On samo spi. Zjutraj bo v redu."

Gospod Lester je svojo ženo prijel za roko in jo vodil po hodniku do sobe, kjer je Arden trdno spal.

„Oh," je vzkliknil Alfred, ko ga je zagledal. „Videti je, kot da je v šoku."

„Poglej mu pod veke," je rekel gospod Lester.

E-Z je potegnil prijateljevo veko nazaj. Vidna je bila PJ-jeva zenica, ki pa je bila večja in je bila videti, kot da bo vsak hip eksplodirala iz očesne votline. Ponovno je zaprl veko nad njo.

Alfred se je razveselil. To so slišali Lesterjevi. Rekel je: „Kaj za vraga bi to povzročilo? Strah? Ali kaj resnejšega, na primer napad?"

E-Z je skomignil z rameni, ne da bi odgovoril. Lesterjevi so bili že tako dovolj prestrašeni in pod stresom, poleg tega bi samo ugibali.

„Kje točno ste ga našli?" E-Z je vprašal.

„Sedel je pred svojim računalnikom," je rekla gospa Lester.

„Je bil zaslon prižgan?" je vprašal.

„Da, bil je," je rekel gospod Lester. „Poklicali smo našega družinskega zdravnika. Trenutno je zaseden, na drugem klicu, vendar se nam bo oglasil."

„Pri PJ-ju so že poklicali zdravnika, doktorja Flanella. Naj pokličem Lio in pogledam, če je že postavil diagnozo."

„Skoraj enaki sta," je rekel.

„Kaj misliš, skoraj?"

Odpeljal se je iz sobe. Lesterjevim ni bilo treba skrbeti še bolj, kot so že bili. V telefon je zašepetal:

„Njegove zenice so še vedno vidne, vendar so ogromne. Kot rane, ki bodo počile!"

„Oh, gnusno!" Lia je rekla. „Morda bi moral iti v bolnišnico?" "Poklicali so njihovega družinskega zdravnika, vendar je nedosegljiv. Zato mi sporočite, ko bo doktor Flannel podal svoje mnenje, in ga bom posredovala naprej. Morda mu boste želeli povedati o Ardenovem očesu in preveriti, ali bo svetoval takojšnjo hospitalizacijo."

„To bom storil. Bom v stiku."

Vse je razložil Lesterjevim. S praznimi obrazi sta strmela predse. Skrbelo ga je, kako bodo vse to sprejeli.

„Bi kdo rad skodelico čaja?" Gospa Lester je vprašala.

„Ne, hvala," je rekel E-Z. Gospa Lester je bila ena od tistih mam, ki so verjele, da lahko čaj reši večino težav.

Gospod Lester je sledil ženi v kuhinjo.

„Ali se običajno ne pridružiš njihovim igram?" je vprašal Alfred, ko sta bila z E-Z-jem sama z Ardenom.

„Včasih," je rekel E-Z. "Toda zadnje čase, če imam kaj prostega časa, ga običajno porabim za pisanje. Zadnje čase nimam veliko časa zase."

„Razumljivo. Oprostite, če se preveč zadržujem v bližini.“

„Ne, v redu. Moram se bolj organizirati. Šolsko delo postaja vse bolj zapleteno, saj veš, da sva na poti do kariere in diplome. Hočejo, da vemo, kam gremo, mi pa sploh še ne vemo, kje smo.“

„Spomnim se tistih dni, ampak to boste ugotovili. Kakorkoli že, vesel sem, da nisi z njimi igral te igre - sicer bi bil lahko v enakem stanju kot oni.“

„Res je. Ne morem si predstavljati, kaj bi jih tako prestrašilo ... če se je zgodilo prav to. Mislim, da je igra igra - in ne resničnost. To je moralo biti hudo tekmovanje.“

Lesterjeva sta se vrnila v sinovo sobo.

„Kaj se je zgodilo?“ Gospa Lester je vpila.

Ardenove veke so bile zdaj odprte in so razkrivale vso belo notranjost. Njegove zenice so, tako kot pri PJ, izginile.

E-Z je imel občutek déjà vu, ko je gospod Lester stopil čez sobo in se sklonil, da bi ga odklopil.

„Ustavite se!“ E-Z je zakričal. „Ne dotikajte se ga!“

Gospod Lester je zastal na mestu.

„Gospoda Handla je skoraj zadela elektrika, ko se ga je dotaknil. Najbolje je, da ga pustite pri miru.“

„Hvala bogu, da ste bili tukaj in me opozorili,“ je rekel gospod Lester.

„Da, hvala, E-Z. Ne bi zmogla, če bi bila oba, moj sin in moj mož, poškodovana. Preprosto ne bi mogla.“ Prestopila je sobo in objela svojega moža.

„Potem se je njegov računalnik pokvaril, zaslon je počil in iz njega se je kadilo,“ je pojasnil E-Z. „Tako je PJ-jev računalnik zasipan, ocvrt - opečen. Ardenov računalnik pa je še vedno nepoškodovan. Če bomo ugotovili, kako varno vstopiti vanj, bomo morda lahko ugotovili, kaj se jima je zgodilo. Najprej moram poklicati strica Sama in ga prositi za pomoč. On je vešč tehnike in informatike, zato bo vedel, kaj storiti.“

„Počakajte,“ je rekla gospa Lester. „Hočete nam povedati, da sta PJ in Arden ista?“

Prikimal je.

„Vedno sem govorila, da so računalniki zlobni!“ je rekla. „Moj Arden je športnik. Moral bi se ukvarjati s športom, ne pa sedeti za računalnikom in zapravljati čas.“ Zjokala se je v moževe prsi, on pa jo je objel.

„Računalniki so potrebni za šolo,“ je dejal gospod Lester. „Najin sin ni storil ničesar narobe in prepričan sem, da se bo vsak čas vrnil k svojemu staremu jazu.

Potrebuje malo zaprtih oči. Malo počitka, to je vse. Vse bo v redu.“

Alfred Hoo-hoo'd.

E-Z je na svoj telefon prejel sporočilo. „Lia pravi, da jim je doktor Flannel rekel, naj PJ pustijo tam, kjer je. Rekel je, da se mu bodo oči same od sebe vrnile v normalno stanje. Pravi, da PJ ne čuti nobenih bolečin. Njegov srčni utrip in pulz sta normalna. Potrebuje počitek.“

„Hvala,“ je rekel gospod Lester.

„Hvala, da ste prišli,“ je rekla gospa Lester. „Če se bo kaj spremenilo, vas bomo obvestili.“

E-Z in Alfred sta po dolgem obisku odšla, se srečala z Lio in vsi skupaj so odšli domov.

„Ne morem si pomagati, da ne bi razmišljal,“ je rekel E-Z, "ali je ta stvar s PJ in Ardenom mišljena kot poskus. Eriel mi je namignil, da bi me moralo nekaj skrbeti. Da bi se moral celo želeti ukvarjati s tem. Če je tako, potem ne vem, kako naj bi to odpravil. Ali imaš kakšno idejo? Razen tega, da bi nam stric Sam pomagal priti v Ardenov računalnik - tu sem popolnoma izgubljen.“

„To je čudno, če je to poskus,“ je rekel Alfred. „Ker so sojenja stvar preteklosti, kajne?“

„So, toda če sta PJ in Arden poškodovana, potem mi ne preostane drugega, kot da se vmešam. Čeprav so nadangeli opustili najin dogovor.“

„Zdi se, da sta oba iz sebe. Kaj pričakujeta, da boš storil? Saj nimaš zdravilnih moči ali česa podobnega,“ je dejal Alfred.

„Ampak ti imaš!“ Lia je rekla.

„Imam, ampak ko so uporabne. Poskušala sem komunicirati z njihovimi mislimi. Vendar je bilo videti, kot da so prazni. Nisem jih mogla doseči. Da bi jih ozdravila, bi morala obstajati nekakšna povezava. In ni bilo ničesar, s čimer bi se lahko povezal.

„Vedno znova se sprašujem, ali naj Ariela pokličem na pomoč. Ona je angel narave. Morda lahko kaj predlaga ali naredi nekaj, česar jaz ne morem.“

„To je obetavna zamisel,“ je rekel E-Z.

**WHOOPEE**

Prišla je Ariel.

„Kaj se dogaja?“ je vprašala.

Alfred ji je razložil situacijo.

E-Z je vprašal, ali gre za sojenje, ki so ga nadangeli poskušali naknadno vplesti v dogajanje.

„V vsakem primeru moraš pomagati svojim prijateljem,“ je rekla. „Želiš jim pomagati, kajne?“

„Seveda, hočem, toda kaj moram storiti, kakšno dejanje moram izvesti v preizkušnji, je običajno bolj očitno.“

„Ali nisem slišala šepetanja o tem, da niste sposobni prevzeti pobude?“ Ariel je vprašala.

„Ali namiguješ,“ je vprašal E-Z in ohranil tihi glas, da ne bi izgubil živcev. „Da so arhangeli spravili moje prijatelje v komo, da bi preizkusili mojo iniciativo?“

Ariel se je nasmehnila. „Ne, nič takega ne predlagam. Toda če bi bil to preizkus, kaj bi storil, da bi jim pomagal?“

„Ko je pred mano preizkušnja, se moji možgani sprožijo. Vem, kaj moram storiti, da jo popravim, in grem naprej ter to storim. V tem primeru pa nimam pojma, kaj naj storim, da bi ga popravil. So v zdravstveni nevarnosti. Nisem zdravnik.“

Ariel je prekrižala roke. „Kaj ste poskusili, Alfred?“

„Poskušal sem se povezati z njunima mislima. Običajno, če lahko ozdravim ljudi ali bitja, obstaja povezava - takšna, ki je ni prekinila zunanja sila. V obeh primerih je bilo tako, kot da bi se vrata zaprla in jih ne bi mogel prebiti.“

„S tem si odgovorila na svoje vprašanje,“ je rekel Ariel. „Lahko ti pomagam še pri čem?“

„Nisi mi prav nič pomagala," je rekla Lia.

Alfred se je opravičil.

**WHOOPEE**

In Ariel je izginila.

„Ne bi smela tako govoriti z njo," je rekel Alfred. „Če bi nam lahko pomagala, bi nam pomagala."

„Žal mi je, ampak frustrirajoče je, ko ne vedo nič več, kot vemo mi. Oni so nadangeli! Morali bi vedeti nekaj, česar mi ne vemo, sicer kakšen smisel imajo?" Lia je vprašala.

„Hočete reči, da je Haniel vedno sposoben rešiti vsako težavo?"

Lia je skomignila z rameni. „Nisem jih imela veliko, o katerih bi se morala pogovarjati."

E-Z je rekel: „Eriel je neuporaben. Vsakič, ko sem ga prosila za pomoč, mi jo je odrekel. Da, dajal je nasvete. Rekel mi je, naj se tega lotim sam.

„Kot zadnjič, ko me je poklical, je namignil na nekakšno zaroto ali povezavo, kot jo je imenoval.

„Ko sem uganil, za kaj gre - za igranje iger -, da obstaja povezava, je bil še vedno neuporaben. Želim si, da bi to povedal. Tako ali drugače, potem se bom lahko osredotočil na to, da iz te situacije spravim svoja dva prijatelja."

„Vidiš, kaj mislim?“ Lia je rekla. „Vsi arhangeli so popolnoma neuporabni.“

„Haniel ti je pomagal, ko si si poškodovala oči,“ jo je spomnil Alfred.

Lia mu je obrnila hrbet.

„Upajmo, da je imel zdravnik prav in da bosta zjutraj oba spet sama,“ je dejal E-Z. „To je vse, kar lahko storimo.“

Ko sta prispela domov, sta šla na dvorišče. Pozdravila sta malo Dorrit in opazovala sončni vzhod ter se pogovarjala o svojem naslednjem koraku.

E-Z se je dotaknil nekaj stvari, ki so ga begale. V Beli sobi so ga spodbujali, naj poveže točke. Pred kratkim mu je Eriel pomagala, da jih je zožil.

Pregledal je vse, kar mu je povedalo dekle v trgovini. Kako je vzela talce kot v igri. Kako je nosila kostum, da je bila videti kot lovec na glave v igri.

Nato je pregledal podrobnosti o dečku pred njegovo hišo. Fant je odkrito povedal, da so ga glasovi v igri poslali ubiti E-Z-a in da bo njegova družina ubita, če tega ne bo storil.

Nato je pomislil na vpletenost Eriela in drugih nadangelov v preizkušnje. Zdaj sta bila vpletena tudi PJ in Arden.

Ali bi ju nadangeli vpletli, da bi prišli do njega? Ali je bil kriv, ker je bil prepočasen pri reševanju uganke, ki so mu jo dali? Nadangeli so rekli, da so z njim končali. Razveljavili so preizkuse in bil je vesel, da jih je videl nazaj. Zakaj so se vrnili in poskušali vzpostaviti novo povezavo z njim? To ni moglo biti naključje.

Odprl je usta, da bi Alfredu in Lii povedal, o čem razmišlja - namesto tega je spet pristal v silosu. Le da tokrat posoda ni bila kovinska, temveč steklena, in da je bil brez svojega stola.

# POGLAVJE 6
## GLAVO NAVZDOL

E-Z JE BIL OBEŠEN z glavo navzdol v steklenem mehurčku in opazoval zeleno, zeleno travo zemlje. Bil je visoko nad njo in glava ga je tako bolela, da se je bal, da mu bo počila in se razpršila po posodi. Toda na srečo ga je nekaj držalo pokonci. Kaj je bilo to, ni vedel.

V nasprotju z drugimi primeri, ko je bil v silosu, ni bil pritrjen (ali pa njegov stol ni bil) pripet na mestu. Druga stvar, ki ga je skrbela, ko je tako visel z glavo navzdol, je bila, da ne bo videl, kako prihaja Eriel. Prav tako ga ne bi mogel vonjati.

V trenutku, ko je pomislil na Eriela, se je posoda premaknila. Bal se je, da bo padel. Želel se je nečesa oprijeti, vendar se ni imel česa oprijeti, razen zraka. Ovil je roke okoli sebe. Nato je začutil gibanje. Steklena komora se je obrnila za sto osemdeset stopinj v smeri urinega kazalca. Njegova glava se je takoj počutila bolje, jasneje, in osredotočil se je na to, da bi se spravil ven. Čim prej, tem bolje.

Vendar je bilo prepozno, stvar se je premaknila in se nato obrnila še za sto osemdeset stopinj. Tako je bil spet tam, kjer je začel.

„Howdy, Doody," je zavpil Eriel in pritisnil obraz ob steklo. Nato je potrkal in zapel: „Pustite me noter, pustite me noter."

„Pustite me od tu!" E-Z je zakričal.

„Umirite se," je Eriel prikimal. „Tukaj si zaradi dobrote mojega srca. Želela sem ti osebno povedati: tvoji prijatelji so v nevarnosti."

„Misliš PJ in Ardena?" Eriel je prikimala. „No, to že vem! Ti velikanski bahavec!"

„Palice in kamni mi bodo polomili kosti, a imena me ne morejo nikoli raniti," je zapela Eriel.

„Če me ne spraviš od tu - takoj zdaj -, ti bom storila več, kot ti lahko storijo palice in kamni!"

Eriel si je s kostnim prstom tapkal po bradi. Navsezadnje je bil še vedno na desni strani, kar je bila prednost pred perspektivo, v kateri je bil E-Z.

„Želel sem, da veš, da ti ni treba skrbeti, čeprav so tvoji prijatelji v nevarnosti. Niso v nevarnosti za superjunake." Ustavil se je. „Ptiček mi je rekel, da misliš, da ti poskušamo izmakniti še eno preizkušnjo ... no, ne poskušamo. Prepustite jih usodi."

„Kaj misliš s tem, da nista v superherojski nevarnosti?" E-Z je zakričal.

Eriel je izginil in steklena posoda je padla. Zmajeval se je in se stabiliziral. Znova je padla. To se je nadaljevalo in nadaljevalo, dokler ni bil prepričan, da se bo njegova lobanja kmalu razbila kot jajce na pločniku.

Potem je zagledal Alfreda, ki je na robu trate grizljal travo.

„Hej!" E-Z je zakričal. „HEJ!"

Alfred je prenehal jesti in prikorakal k njemu. Ogledal si je svojega prijatelja, ki je visel z glavo navzdol v steklenem mehurčku.

„Kaj počneš tam?" je vprašal labod trobentač.

„Eriel!" E-Z je vzkliknil.

„Dovolj je bilo povedanega. Šel bom zbuditi Sama. Upam, da bo vedel, kaj storiti, da te spravi od tam."

„Dobra zamisel in ga prosim, naj mi prinese stol."

Medtem ko je čakal, se je E-Z preklinjal. Zamudil je priložnost, da bi od Eriela zahteval več informacij.

Obnašal se je kot žrtev. Svoja dva najboljša prijatelja je pustil na cedilu.

Oblikoval je načrt. Ko bom odšel od tu, bom poiskal Eriela in ga prisilil, da mi pove, kako rešiti PJ in Ardena. Prisegel bo, da me ne bo nikoli več spravil v tak položaj.

Počakajte trenutek. Če PJ in Arden ne bi bila v superjunakovi nevarnosti. V kakšni nevarnosti sta bila? Ali ju je bilo sploh treba rešiti? Ali pa je imel doktor Flannel prav, ko je rekel, da bosta to prebolela in se kmalu vrnila k svojemu staremu jazu?

Ni mu bila všeč izjava „prepusti ju usodi". Verjel je, da si usodo ustvarjamo sami, njegova dva prijatelja pa sta bila v komi. Sama si nista mogla pomagati, zato jima je nameraval pomagati on. Ne glede na to, kaj je rekel Eriel.

Končno je iz hiše izšel stric Sam in v roki mahal z velikim orodjem. „To je rezalnik za steklo," je rekel. „Vedel sem, da mi bo nekega dne prišlo prav, ko sem ga kupil v eni od tistih infomacij na televiziji. Rekli so, da lahko reže steklo kot maslo. Poglejmo, ali je bilo to lažno oglaševanje." Rezal je okoli dna. Počasi. Previdno.

„Hej, pohiti, tu se dušim! Če bo sonce vzšlo, se bom opekel."

„Potrpežljivost, dragi deček,“ se je oglasil Alfred.

„Skoraj tam,“ je rekel Sam. Klečal je na kolenih in se pomikal naprej, ko je rezalnik prerezal dno posode. Medtem so se kolena njegove pižame posrkala z rosnega travnika. „Predvidevam, da ima Eriel nekaj opraviti s tem, da si bil tam?“

„Trdim.“

Sam je končal rezanje in izpustil nečaka, nato pa mu pomagal v invalidski voziček.

„Hvala, stric Sam.“

„Ni kaj. Zdaj pa mi razloži, prosim.“

„Preveč sem utrujen. In preveč sem razdražen, da bi razlagal. Ali lahko to storimo zjutraj?“

Sonce je bilo rdeče, ko si je utirilo pot proti obzorju.

Čez nekaj ur bo moral E-Z preveriti svoje prijatelje. Upal je, da bodo v redu. Nazaj v normalno stanje. Potem mu o tem ne bi bilo treba razmišljati niti za trenutek. Če ne... če ne bodo. No, v vsakem primeru bo vse boljše, ko se bo malo naspal.

„Lahko mu vse razložim,“ je ponudil Alfred.

„Kaj veš o tem? Moral sem kričati nate, da sem pritegnil tvojo pozornost.“

„Oh, videl sem vse skupaj. Kaj misliš, da sem delal tukaj? Čakal sem, da me prosiš za pomoč. Nisem želel prekiniti tvojega časa za Eriel."

„Prekinil. Zelo smešno. Okej, seznanite ga. Odhajam, da se malo naspim. Preveč sem utrujena, da bi še razmišljala." S kolesi se je odpeljal po rampi v hišo in oblečen padel v posteljo.

E-Z je sanjal, da je bil njegov sedmi rojstni dan. Njegovi starši so najeli notranji park virtualnih iger. Povabil je dvanajst otrok, tako da jih je bilo skupaj trinajst in ena ekipa je morala imeti dodatnega igralca. Ker je bil to njegov dan, so sklicali ekipe in zadnji izbranec je šel v svojo ekipo. Imenovali so se Ball Breakers. Druga ekipa, ki jo je vodil Kyle Marshall, se je imenovala Bat Shitz.

„Tega imena ne smeš uporabljati," je zaklicala E-Z-ova ekipa. „To je praktično kletvica."

„Ah, premislite še enkrat," je rekel Marshall. „Črkovanje je Shitz. Ime smo dobili po mojem psu. Ona je Shitz-hu."

„Igrajmo se," je rekel E-Z.

PJ in Arden sta bila v E-Z-ovi ekipi. Ekipa tornado trio je ekipi Bat Shitz nakopala rit, dokler niso bili vsi preveč utrujeni, da bi se premikali.

„Hrana je postrežena," je poklicala E-Z-ova mama. Starši so čakali v sosednji restavraciji. Naročili so številne pice, vedra brezalkoholne pijače in nazadnje torto s svečkami.

Otroci so skupaj zapustili igralni prostor. Arden je kmalu ugotovil, da je za seboj pustil svojo bejzbolsko kapo.

„Ne morem je pustiti! Moram se vrniti!"

„Šla bova s tabo," je rekel E-Z. „Daj mi trenutek, da povem mami."

„Povedal ji bom," je rekel Kyle, ki je bil v bližini.

E-Z, PJ in Arden so se vrnili nazaj. Ko niso našli pokrovčka, so nadaljevali s hojo.

„Nekje mora biti tukaj!" Arden je rekel.

„Nisem mislil, da je tako daleč," je dejal E-Z.

„Ti supi bodo pojedli vso pico, preden se vrnemo," je rekel PJ.

„Brez skrbi, gospa Dickens nam bo prihranila nekaj hrane. Ve, da nas ne bo dolgo."

Hodnik se je razširil v drugo stavbo, v drug kraj. Pred njimi je bila ogromna giljotina. Na vrhu, nad rezilom, je bila Ardenova kapa. Na samem rezilu je bil napis. Z njega je še vedno kapljala rdeča barva ali kri. Pisalo je: „Glava gre sem."

„Ali sanjamo?" Arden je vprašal. „Ker svoje bejzbolske kape res ne potrebujem tako zelo."

„Poslušaj. Glasovi," je rekel E-Z.

Šepetaje, zelo tiho, vendar šepetaje. Najprej se je oglasila osamljena ženska. Potem se je pridružila še ena, ki je tvorila duet. Nato se je pridružila še ena, ki je tvorila trio. Šepetanje se je spremenilo v petje.

„Ne morem razbrati nobene besede," je rekel PJ.

„Pššššš," je rekel E-Z in držal prst na ustnicah.

Glasovi so peli,

„B-povezava in si mrtev.

B-link and you're dead.

B-link and you're dead, B-link and you're dead," na melodijo skladbe Happy Birthday to you.

„To je grozljivo!" PJ je rekel.

„Pojdimo nazaj," je rekel Arden, ko so se vrata, skozi katera so prišli, zaprla in so po hodniku odmevali koraki.

Koraki so postajali vse glasnejši.

**DROBENJE. CLANK. CLANK.**

Verižni oklep. Približuje se. Obute noge. En vojak. Zelo visoka postava s kapuco na glavi. Nosi nekaj srebrnega: brusilnik za nože.

Ko je prišel do vznožja giljotine, je lik s kapuco iz žepa potegnil pero. Položil ga je ob rezilo. Prebil ga je kot maslo. Kljub temu je šel naprej in ga še dodatno nabrusil. Med brušenjem rezila si je pod nosom brundal, kot da uživa v svojem delu.

„Kot da rezilo giljotine ni dovolj ostro!" PJ je zašepetal. „Spravite me od tu!"

Arden je stekel do vrat in začel udarjati po njih. „E-Z moraš nas spraviti od tu! Pomagati nam moraš! Prosim, pomagaj nam!"

**NALAGANJE SPOROČILA**.

Na zaslonu sta se pojavila obraza PJ in Ardena. Izgovorila sta dve besedi:

**„POZOR NA NJIHOVO."**

E-Z se je zbudil in slišal, kako stric Sam udarja s pestmi po vratih njegove spalnice. „Vstani, E-Z, Lije ne moremo najti!"

Zdaj, ko se je zbudil, je ugotovil, da je poskušala stopiti v stik z njim. Da bi ga posodobila. Preveril je svoj telefon. Sporočilo s posodobitvijo.

„Vse je v redu," je rekel E-Z, "ona je s PJ-em. Samanthi povej, da je z njo vse v redu. Kmalu moram obiskati njega in Ardena. Kje je Alfred?"

„Je na vrtu," je rekla Sam. „Želiš zajtrk, preden greš?"

„Sendvič s sirom na žaru bi prišel prav. Hvala."

Ko se je E-Z oblačil, je razmišljal o svojih sanjah. Fantje so se z njim pogovarjali prek skupnega dogodka, ki sta ga doživela, ko sta bila stara sedem let. Moral je ugotoviti, za kaj gre. Jih opozoriti? Opozoriti koga točno? To je bil določen namig, toda koga točno so želeli, da jih opozori?

Da, bil je popolnoma prepričan, da mu skušajo nekaj povedati, toda kaj točno? Spet se mu je porajal sum, da je vse skupaj povezano z Eriel.

Najprej se je odpravil v Ardenovo hišo, kjer je ta ubogi fant tako kot prej kot zombi ležal v svoji postelji. Ko sta E-Z in Alfred vstopila v notranjost, je bil ob njem zdravnik.

„Kakšna je diagnoza?" E-Z je vprašal.

„Najprej spravite to ptico od tod!" je vzkliknil zdravnik.

Alfred je v znak protesta hupnil in odkorakal. Zunaj je grizljal travo in si čistil perje.

Zdravnik je pogledal gospoda in gospo Lester: „Koliko želite, da ta otrok ve?"

„To je E-Z, eden od Ardenovih najboljših prijateljev."

„Vem, kdo je, videl sem ga na televiziji, ko je reševal ljudi."

E-Z ni vedel, kaj naj reče, zato ni rekel ničesar, vendar mu odnos tega zdravnika ni bil všeč.

„Arden je v komi.“

„Ja, tako sem mislil. Kdaj bo prišel iz nje? Dr. Flannel v domu za oskrbo - kjer je PJ v enakem stanju - je rekel, da se bo kmalu vrnil v normalno stanje.“

„Tega ne vem. Njegovo telo ga pred nečim ščiti, zato se bo zbudil, ko bo za to dovolj zdrav. Do takrat pa predlagam, da je nekdo z njim štiriindvajset sedem ur na dan.“ Potem pa še Lesterjevi: „Morda bi bilo najbolje, če bi si oba prizadevala za najem medicinske sestre. Nekoga lahko priporočim. Če lahko delate od doma, bi bilo to najbolje. Oglasim se vam čez nekaj dni.“

„Čez nekaj dni,“ je ponovil gospod Lester.

Gospa Lester je zdravnika odpeljala iz hiše.

E-Z ji je sledil. „Če lahko pomagam, opravim izmeno ob njem, ne oklevajte in vprašajte. Zdaj grem k PJ-ju. Lia je že tam in napisala je, da je on isti.“

„Obveščajte nas o dogajanju in pozdravite PJ-jevo družino.“

„Storil bom,“ je dejal E-Z, ko sta se z Alfredom ponovno združila. Oba sta se dvignila od tal in poletela proti PJ-jevi hiši.

Ko sta letela drug ob drugem, je Alfred rekel: „Nisem bil navdušen nad tem zdravnikom. Če je človek neprijazen do živali, mu ne zaupam.“

„Razumem te, ampak on je samo opravljal svoje delo.“

„Mi labodi nismo povzročili nobene kuge ali ... ni važno. Pozabil sem na ptičjo gripo - a ta se je zgodila zaradi ljudi.“

Pristala sta pri PJ-jevi hiši, kjer ju je z odprtimi vrati pričakala Lia.

„Kako je z vama?“ je vprašala.

„Dobro,“ je rekel Alfred.

„Ah, on je malo razburjen, ker ga je Ardenov zdravnik vrgel iz sobe, ampak jaz sem v redu, hvala. In ti?“

„Jaz sem v redu, toda PJ-jevi starši so izgubili pamet in nič ne kaže, da bi si opomogli.“

„So poklicali zdravnika nazaj?“ Alfred je vprašal.

„Ne. Dal jim je upanje, a nič drugega, predvsem to, da se bo rešil. Vendar me skrbi, da se moti.“ Ustavila se je in rahlo zardela.

„Oh, še nekaj, ko sem ga držala za roko.“ Zazrla se je v oba. „On, no, nisem prepričana, ali sem si to predstavljala ali je to res storil - ampak zdelo se mi je, da jo je stisnil."

„Hvala, ker si ostala z njim. Z njegovimi starši bi se morali menjavati, da se nihče ne bi preveč utrudil. Zdaj lahko greš domov in preživiš nekaj časa z mamo. Verjetno se sprašuje o tebi." Nikakor ni nameraval omeniti držanja za roko.

„Potem bom odšla, ko boš ti," je rekla Lia, ko sta se odpravila do PJ-jeve sobe.

Alfred, Lia in E-Z so bili zdaj sami s PJ.

„Sinoči sem imel čudne sanje. PJ, Arden in jaz smo bili na mojem sedmem rojstnem dnevu - vendar se stvari niso dogajale tako kot takrat. Poskušali so komunicirati z mano prek dogodka, ki smo ga delili, vendar nisem prepričan, kaj so mi hoteli povedati."

„Povej nam sanje," je rekel Alfred. „In ničesar ne izpusti."

„Da, povejte nam jih in videli bomo, ali vam lahko pomagamo pri njihovi razlagi."

„No, začelo se je normalno. Vse je bilo tako, kot je bilo tisti dan, dokler Arden ni pozabil svojega bejzbolskega klobuka in smo se mi, vsi trije, vrnili po njega."

„Torej na pravi zabavi ni izgubil svoje bejzbolske kape?"

„Ne, ni. Pravzaprav je bil tako obseden s to kapo, da smo ga pogosto dražili, da jo ima prilepljeno na glavi. To je bil torej pomemben del sanj. In tam sva se vračala na igralni prostor in zdelo se je, da hodnik traja veliko dlje, kot je trajal, ko sva ga zapustila.

Dolgo smo hodili. Klepetala sva, kot sva to počela včasih. Sprva se tega nisva zavedala, saj sva hodila že kar nekaj časa. Arden je razmišljal, da bi kapo pustil tam, kjer je, ker je pot do nje trajala tako dolgo, vendar sva se odločila, da jo vzameva. Rekel je, da ima kapa zanj sentimentalno vrednost."

„Zanimivo," je rekla Lia. „Ali veste, zakaj mu je bila kapa tako všeč?"

„Ves čas jo je nosil, ker mu je bila ekipa všeč. Nikoli nisem vedela, da v resničnem življenju obstaja kakšna druga sentimentalna navezanost kot na samo ekipo. In v sanjah, na tej točki, ne, dokler tega ni izrekel. Potem se je torej hodnik razširil in znašla sva se v veliki zračni sobi, podobni dvorani. Na sredini sobe je bila ogromna giljotina."

„Kaj! Kako nenavadno!" Alfred je rekel.

„Nekoliko je strašljivo," je rekla Lia.

„Pa še kaj. Na vrhu, nad rezilom, je bila Ardenova kapa, pod njo pa napis, ki se je glasil: „Glava gre sem.“

Lia in Alfred sta vzdihnila.

„Arden je rekel, da ni več tako navdušen nad kapo. In takrat se je stemnilo in zaslišala sva težke korake, ki so se bližali nama. Škornji. Klikanje verig ali oklepov. Potem so se luči spet prižgale, ko je vstopil fant s kapuco na glavi. Šel je do giljotine in si ostril nože, enega za drugim.“

„In kaj potem?“ Alfred je vprašal.

„Potem se je pojavil računalniški zaslon, na katerem je pisalo LOADING, in prižgal se je vizualni prikaz njiju. Izgovorila sta dve besedi:

**„OPOZORITE JIH.“**

„In kaj potem?“ Alfred je ponovno vprašal.

„Potem me je zbudil stric Sam in me vprašal, ali vem, kje je Lia.“

„To ni veliko,“ je dejala Lia. „Ali mu je bila ta kapa všeč? In koga je treba opozoriti?“

„Ardenova najljubša ekipa je bila in še vedno je Boston Red Sox. Kapa je bila zanj darilo - avtentična - nikoli je ne bi pustil za seboj, ne glede na vse. Kljub temu je vsaj dvakrat razmišljal, da bi jo pustil v sanjah.“

„Toda ni bil dovolj zagret, da bi glavo vtaknil v giljotino, da bi jo dobil," je dejal Alfred.

„Kdo bi bil!" Lia je vprašala.

„Želim si, da bi lahko uporabili Ardenov računalnik. Stavim, da je v njem namig. Stavim, da ima kakšno datoteko, nekaj skritega, kar bi lahko našel. Morda so bile sanje prav o tem. In zakaj mi je dal namig."

Lia je na spletu preverila, kakšen pomen imajo sanje z giljotino v njenem telefonu. „Tam piše, da predstavlja strah ali tesnobo. Biti izločen ali v zadregi zaradi nečesa."

„Mislim, da imam idejo," je dejal E-Z, medtem ko je na telefonu listal po seznamu stikov.

„Počakaj," je rekel Alfred, "pokliči Sama."

„Imaš prav, morda bi moral to najprej povedati njemu." Hitro je poklical Sama in mu razložil situacijo. Sam je rekel, da bo prišel naravnost k Ardenu, da naj se srečata tam.

„Je tu vse v redu?" PJ-jeva mama je vprašala. „Želiš pijačo ali kaj drugega?"

„Ne, hvala, ampak stric Sam gre k Ardenu in tam se bova srečala z njim. Pogledala bova v Ardenov računalnik in ugotovila, kaj je nazadnje počel. Škoda, da je PJ-jev računalnik nedelujoč."

„To je pametna zamisel. Slišali smo, da so Ardenovi starši poklicali tudi zdravnika, je kaj pomagal?"

„Ne, ni pomagal."

„Če bomo kaj slišali, vas bomo obveščali," je rekla Lia, medtem ko je otipala PJ-jevo čelo.

„Dobra si deklica," je rekla PJ-jeva mama. Nato je zapustila sobo in se borila s solzami.

Ko so prispeli v Ardenovo hišo, jih je zunaj čakal Sam. S seboj je imel prenosni računalnik in torbo, polno računalniškega orodja, ter še nekaj drugih kosov.

Skupaj so vstopili v notranjost, kjer je Sam v bližini postavil svoj računalnik, prenosnik, ga priključil na drugi strani sobe, nato pa si je ogledal Ardenovo namestitev. Priključen je bil naravnost v stensko vtičnico. Brez zaščitne napajalne palice za nepričakovane prenapetosti. Še dobro, da jo je imel vedno s seboj v torbi.

Ko je pritrdil zaščitno napajalno palico, je nanjo priključil Ardenov računalnik. Čakala sta - in nič se ni zgodilo. To je razumel kot dober znak, zato je kliknil na vtič in Ardenov računalnik je zaživel. Zahtevano je bilo geslo. Geslo, ki ga nihče od njih ni poznal.

„Kaj ugibate?" Sam je vprašal.

E-Z je vtipkal Boston Red Sox. Poskusil je Ardenovo srednje ime, ki je bilo Daniel. Nič dobrega.

„Poskusi giljotino," je predlagal Alfred.

„Bingo!" E-Z je rekel, da mora zdaj samo še poiskati zgodovino.

„Dovolite mi," je rekel Sam, ko je kliknil v nastavitve in iskal nekaj nenavadnega. Ni bilo nič nenavadnega.

„Kaj je bila zadnja stvar, ki jo je naredil? Je igral kakšno igro?" E-Z je vprašal.

Ko je Sam kliknil, da bi to izvedel, je brezprekinitvena prenapetostna vrstica zagorela. Stric Sam je stekel po ogenj, da bi ga pogasil, ko se je vrnil, pa ga je E-Z že zadušil z odejo. „Dobra misel," je rekel.

„Upam, da tako misli tudi Ardenova mama!"

„Zgrabi trdi disk!" Sam je rekel, kar je tudi storil, še preden se je upepeljal. „Zdaj ga bomo vzeli s seboj in pogledali, kaj lahko vidimo."

# POGLAVJE 7

## DISKUSIJA

KO STA SE VRAČALA domov, **je** E-Z še vedno razmišljal o sporočilu „Opozorite jih". Ali je bilo to lahko kaj več kot le sanje?

„Sprašujem se," je rekel.

„O čem?" Sam je vprašal.

E-Z je razložil o svojih sanjah in sporočilu, nato pa dodal svojo novo zamisel, da bi videl, kaj si o tem mislijo.

„PJ in Arden sta na spletni strani pripravila stvari, da bi lahko v prihodnosti pripravljali podcaste. Razmišljam, ali naj ga uporabim, ko bomo ugotovili, koga opozoriti. Zagotovo bi lahko dosegli veliko ljudi."

„To je odlična ideja!" Sam je rekel: „Toda ali ne bi morali že zdaj pridobivati sledilce? Da bomo potem, ko bomo pripravljeni posredovati opozorilo, že imeli nekaj naročnikov?"

„Kaj bi rekel?“

„Razmislimo o tem,“ je rekla Lia. „In mi vam bomo stali ob strani.“

„Ne moti me, če bom nekaj govoril.“

Ko sta prispela domov, sta vstopila v notranjost.

# POGLAVJE 8

## BRANDY ŽIVI

K O GA JE PRVIČ zagledala,**jima**je bila skupna glasba. Igrala je klavir, bolje od povprečja, vendar ne izjemno dobro. Njen učitelj glasbe je rekel, da ima naravno sposobnost - karkoli je to že pomenilo. Toda igrala je le pesmi, ki so ji nekaj pomenile. Takrat si jih je zapomnila in jih lahko takoj zaigrala. Vendar je zaradi prisiljevanja v igranje nečesa, kar ji ni bilo všeč, sovražila učne ure.

Vendar je vztrajala pri tem. Prisilila se je, čeprav je to sovražila. Upala je, da ji bo uspelo prelisičiti se v šolski orkester.

Njeni starši so želeli nekaj pokazati za vse te ure, ki so jih plačali. Vztrajala sta, da se preizkusi v skupini - da bi bila bolj vključena v šolske dejavnosti.

„To bo dobro videti na tvoji prošnji za vpis na fakulteto," je dejal njen oče.

„Potrudi se po svojih najboljših močeh, to je vse, kar od tebe zahtevamo. Poskusi po svojih najboljših močeh!" je dejala njena mama.

Vendar je bilo na letošnjih srednješolskih avdicijah veliko nadarjenih otrok. Ko je vstopila v dvorano, je na odru že igral nadarjen moški bobnar.

Z znojnimi dlanmi in utripajočim srcem se je premikala po vrsti. Vrsta učencev in učiteljev je ploskala in tapkala s prsti. Čutila je, kako tla utripajo z vsakim udarcem.

Kot robot je še naprej hodila ob robu dvorane, dokler se ni približala odru, kolikor se je le dalo.

Zdaj se je izmaknila skozi vrata in odšla v zakulisje. Postavila se je med druge nastopajoče na odru in ploskala, kot da bi bila tam od nekdaj.

To je bil briljanten načrt. Vsi so bili tako vpeti v njegovo avdicijo, da sploh niso opazili, da je stopila v vrsto.

„Kdo je on?" je zašepetala dekletu, ki je bilo v vrsti pred njo.

„Pšššš!" so ji odgovorili drugi čakajoči nastopajoči.

Bobnoval je naprej, oblečen v džins, s svetlimi lasmi, ki so se mu pozibavali in poskakovali. Nato se je nagnil bližje k mikrofonu in njegov globok melodičen glas se je pridružil ritmu.

Potisnila se je nekoliko bližje in pri tem opazila srbečico, ki je prej ni bilo. Na dlaneh, rokah, nogah. Praskala se je in ni našla olajšanja. Pravzaprav je postajalo vse hujše in kmalu je imela občutek, kot da ji gori koža. Nato se ji je poslabšalo dihanje in upočasnil srčni utrip.

„Umiri se," je šepetala na glas in v mislih.

To je bila zadnja stvar, ki se je spomnila, preden se je zbudila v premikajočem se vozilu.

# POGLAVJE 9

## O BRANDY

VOZILO JE PO AVTOCESTI vozilo s hitro vožnjo. Bila je na zadnjem sedežu. V čigavem avtomobilu je bila? Ni bilo vozilo, ki bi ga prepoznala.

Poskušala se je usesti; glava jo je bolela - kot da bi se skozi njo pognal vlak. Za trenutek je zaprla oči in prisluhnila, da bi ugotovila, kako je prišla tja. Avto sam je imel čuden vonj, nov in star hkrati.

**PFFT.**

Iz zračnika se je izločil vonj, zaradi katerega se ji je dvignil želodec, in bruhnila je.

„Hej, pazite na notranjost," je rekel moški glas. „To je usnje, pravo." Zazvonil mu je telefon in vanj je spregovoril prek mikrofona v vizirju. „Ja, kmalu bomo tam," je rekel. Odklopil je povezavo, nato pa prižgal radio.

Roke je imela zvezane, ne za seboj, kot je videla v filmih, ampak pred seboj, tik nad pripetim varnostnim pasom. „Hočem domov!"

„Kmalu," je odgovoril moški glas v refrenu Drakeove melodije.

Po približno tridesetih minutah vožnje je po njenem mnenju zapeljal na bencinsko črpalko. Zaprl jo je, nato pa za seboj zaloputnil vrata in jo brez besed pustil pri miru.

Gledala je skozi okno in se trudila, da ne bi spet bruhnila. Njen ugrabitelj ali ugrabitelj, karkoli je že bil, je šel noter. Upala je, da ni bil ugrabitelj, ki namerava zahtevati odkupnino. Njeni starši niso imeli denarja, da bi plačali za njeno vrnitev. Osredotočila se je na trenutek in opazila, da vrata nimajo ročajev, gumbi za odpiranje okna pa ne delujejo.

Na drugi strani avtomobila, ki je črpal bencin, je zagledala fanta.

„POMOČ!" je zakričala in dala vse od sebe. Zavedala se je, da je to morda njena edina priložnost.

Ko se ni odzval, je z zvezanimi brki udarjala po zaprtih oknih. V tem avtomobilu je bilo težko izdati kakršen koli zvok. Ozrla se je nazaj in njen ugrabitelj se je vračal v avto, s seboj pa je nosil pločevinko popa in dve čokoladni ploščici. Ko je sedel za volan, ji je čez ramo vrgel čokoladico. Ni je mogla ujeti, sovražila je takšno vrsto, da ne omenjam, da je pred kratkim bruhala.

„Žejna sem," je rekla.

„Kaj hočeš?" je vprašal, nato pa odšel v notranjost in skoraj takoj prišel ven s steklenico vode.

Odprl je pokrovček in ji jo dal v roke. Čeprav so bile zvezane, ji je po nekaj poskusih uspelo v usta spraviti nekaj vode. S sprednje strani njene majice je kapljala voda. Ni je motilo, saj je odplaknila nekaj vonja po barffyju.

„Hvala," je rekla.

Čez nekaj trenutkov so bili spet na avtocesti. Povečal je hitrost, se premaknil na hitri pas in njen varnostni pas se je odpel. Premetavala se je na zadnjem sedežu avtomobila, kot bi se ena sama kocka kotalila brez smeri.

„Nehaj s tem, norček!" je rekel moški, ko si je z zvezanimi rokami skušala ponovno pripeti varnostni pas.

Pnevmatike, ko je voznik nepremišljeno zamenjal vozni pas. Drugi vozniki so pritisnili na zavore, da bi se mu izognili. Nato se je odpravil proti odcepu za avtocesto. Pritisnil je na zavore in se ustavil. Vstopil je s sprednjega sedeža in odprl zadnja vrata.

Bila je pripravljena, z nogami, usmerjenimi proti njemu, in ga z vso močjo udarila z enim velikim dvonožnim udarcem. Padel je na tla, ona pa je izstopila iz avtomobila in divje tekla, ko je vanjo trčil avto, nato še en, nato še en.

Vrnil se je v avto in odpeljal.

„Neumna punca!" je vzkliknil.

# POGLAVJE 10
## BRANDY SE SPOMINJA



Spet se je zgodilo, **kajne**?" jo je vprašala mama, ko je pomagala Brandy iz nakupovalnega vozička. „Kaj se je zgodilo tokrat?"

„Oprostite, mami," je rekla najstnica in se sklonila, da bi si zavezala čevelj. Njene roke so se počutile tako dobro, zdaj ko niso bile več zvezane.

Mati se je sklonila in zašepetala: „Ali je bilo enako kot obakrat? Si omedlela?"

Vstala je in pogledala proti vratom.

„Povej mi," je rekla mati in premaknila hčerko pred seboj, da sta bili blizu in ju ni mogel slišati nihče drug. Poleg tega v njunem hodniku ni bilo nikogar drugega.

„Bila sem v šoli, na avdiciji. Neki fant je igral solo na bobne in pel. Bil je res odličen."

„In pričakujem, da tudi sanjski?" je vprašala njena mama.

Čutila je, da ji je postalo vroče na licih. „Srce se mi je pospešilo, razbijalo, dlani so se mi spotile in počutila sem se čudno. Naslednja stvar, ki sem jo vedela, je bila, da sem bila privezana na zadnjem sedežu premikajočega se vozila!"

„Privezana? V avtomobilu? V čigavem avtomobilu? Kdo je vozil? Kam ste šli?"

„Nisem prepoznal avtomobila ali voznika. Z nekom se je pogovarjal, uporabljal je enega od tistih mikrofonov za prostoročno uporabo. Bil je dober voznik, dokler ni zapeljal na avtocesto. Potem je vozil kot norec, jaz pa sem se pretvarjala, da se mi je odpel varnostni pas. Ko je zapeljal s ceste in se ustavil, sem ga tako močno brcnil, da je padel, in pobegnil."

„Hvala bogu, da ti je uspelo pobegniti. Se je kdo ustavil, da bi ti pomagal? Upam, da imaš njihovo številko, da jih lahko pokličem in se jim zahvalim."

Brandy ni govorila, ker se je spominjala avtomobilov, eden, dva, trije, ko so jo zadeli in je umrla. Spet. In spet se je znašla v trgovini z živili s svojo mamo.

„Govori z mano," je rekla Brandyjina mati.

„Umrla sem - spet," je rekla Brandy, "in pristala tukaj. Spet."

Usedla se je na tla, bolje rečeno, kolena so ji zašibila in padla je na kolena. Njena mati ji je sledila kot domino.

Sedeli sta skupaj, držali sta se za roke, ne da bi govorili.

# POGLAVJE 11

## BRANDY PRED....

Vstani, Brandy!" je zadnjič rekla njena mama. Zadnjič, ko je njena edina hči umrla - in vstala.

Ko je morala večina staršev z otroki v naročju v trgovino - niso mogli dovolj hitro oditi od tam.

Brandy ni bila ena od teh otrok. Raje je imela trgovine kot parke, šport - večino vseh dejavnosti. Če smo jo peljali po nakupih, je bil to edini način, da smo jo spravili iz hiše.

To ni bila povsem Brandyjina krivda. Rodila se je z redko boleznijo srca. Rekli so, da bo iz nje zrasla. Zato tek in igra z drugimi otroki zanjo nista bila mogoča.

Zato je vzljubila nakupovalno središče, najbolj pa je oboževala trgovino z živili. In na hodnikih s hrano je bilo vedno precej mirno. Razen enkrat, ko so ji delili brezplačne DVD-je. Brandy je bila tako vznemirjena, da ni mogla dihati, zato so jo morali odpeljati v bolnišnico.

Takrat je bila stara tri leta.

# POGLAVJE 12

## BRANDY ZDAJ...

AKAR JE BILA **NJENA** HČI STARA štirinajst let, se je zdelo, da se to dogaja vse manj. Kljub temu se je spraševala, kaj se bo zgodilo, ko bo prevelika, da bi jo spravila v voziček za živila.

„Kaj misliš, zakaj ravno tukaj?" „Zakaj sva vedno samo ti in jaz tukaj?" je vprašala Brandyjina mama.

„Ne vem, mami, ampak nekaj vem. Hočem nakupovati. Hočem kupiti hrano in pijačo in grem. Če hočeš, ostani tukaj, jaz pa se čez minuto vrnem. Na, igraj pasjanso na svojem telefonu. To bo pomirilo tvoje živce in nakupovanje bo pomirilo moje."

Ženska je sedela na tleh, medtem ko so vozički prihajali in odhajali, vso pozornost pa je posvetila igri pasjansa. Njena hči jo je tako dobro poznala. Kljub temu se je trudila, da je ne bi skrbelo, koliko - ali kako malo - naj pove možu. Ni mu povedala ne zadnjič, ko je umrla njena hčerka, ne pred tem in ne pred tem. Povedala mu je le, da sta šla po nakupih in da je bilo stresno.

„Pripravljena sem," je rekla Brandy, takrat, ko je bila majhna deklica z rokami, polnimi kosmičev in pokovke.

Takrat sta se odpravila k samopostrežni blagajni.

„Mami, pusti mi, da to naredim!"

Tako je vedno govorila Brandy. Rada je opazovala, kako blagajničarka skenira vsak predmet. In bog jim pomagaj, če je bilo skeniranje napačno.

Brandy in njena mama sta se vrnili k avtomobilu. Brandy je sedela spredaj in se pripela. Odpeljali sta se, pri čemer sta se le za kratek čas ustavili na postaji, da bi dobili dve sladici z vročim prelivom.

„Danes smo dobili nekaj res odličnih kupčij," je takrat rekla Brandy in to ponovila tudi zdaj.

„Vem, da imaš rada, ampak vseeno bi rada slišala več o tvojem današnjem incidentu. Ali se lahko spomniš še česa drugega o tem, kar se je zgodilo? Gotovo te je bilo strah, ko si bila sama v avtu z neznancem? Ne razumem pa, kako se to zgodi. Ali je bilo tokrat kaj drugače kot drugič? Rekel si, da si bil v enem trenutku na avdiciji za šolski orkester, v naslednjem pa v avtu?“

„Da, čakal sem, da pridem na vrsto za nastop z drugimi učenci. Vsi smo poslušali fanta na bobnih. Bil je neverjeten, pel je in igral. Bližal sem se že začetku vrste, ko me je ZAP in me ni bilo več.“

„Oh, ta ZAP mi ni všeč.“

„Tako se je zgodilo, mami. Najprej so me srbele roke, potem noge, roke.“

„Prej mi nisi povedala o srbenju?“

„To se zgodi. Običajno se pomirim. Tokrat ni nič pomagalo in, no, saj veš, beseda Z.“

„Moram vprašati, ampak ali misliš, da se je to morda zgodilo zato, ker si se hotel izogniti avdiciji? Mislim na avdicijo. To ni nekaj, kar bi rad počel.“

Brandy je s prsti bobnala po roki vrat. „Ne bi skočila v avto z neznancem, da bi se izognila avdiciji,“ je rekla.

„Dobro, draga,“ je rekla njena mati in se zjokala. Spet je rekla napačno stvar. Vedno je govorila napačne stvari, ko je šlo za hčerkino... kako naj temu reče? hčerkine popotniške pustolovščine.

„Vse je v redu, mami.“

Nekaj časa sta se vozili v tišini. To je bila prijetna tišina.

„Rada bi vedela, kako ti lahko pomagam," je rekla Brandyjina mama. „Za naslednjič..."

„Vem, da hočeš, mami, vendar te ni zraven, ko se to zgodi. Sama moram biti sposobna to obvladati."

„Ali obstaja kakšna stvar, ki se vedno zgodi - preden izgineš?"

„Želim si, da bi se spomnil, mami, vendar se tako kot zadnjič ne spomnim." Pogledala je skozi okno in prekrižala roke.

„No, ko sva doma, lahko vadiš. Potem boš še bolj pripravljena na jutrišnjo avdicijo."

„To je bila samo enodnevna avdicija. Tako da letos nimam nobene možnosti. Poleg tega očetu ni všeč, ko vadim, še posebej, ko dela od doma. Pravi, da ga zaradi tega boli glava."

„Oče ne misli tako," je rekla. „Pogovorila se bom z njim. Konec koncev želiš igrati klavir kot službo, da? Mislim, nekega dne, ko boš diplomirala. In poklicala bom tvojega učitelja - prosila ga bom za izjemo od pravila."

„Rada bi slišala, kako je potekal ta pogovor!" se je zasmejala. „Pozdravljeni, gospod Hopper, jaz sem Brandyjina mama in moja hčerka, no, potovala je s časom v prehitro vozeči avto z neznancem, potem pa je umrla. Ali bi se lahko jutri udeležila avdicije za vas?"

„To je kruto," je rekla njena mati. „Ali si si premislila, da bi si želela ustvariti glasbeno kariero? Gotovo ves čas delajo izjeme za študente?"

„Mogoče, ampak mene to ne moti. Da sem to zamudila. Vedno je naslednje uho. Poleg tega bi rada postala nakupovalka, mislim, da se zato vedno vračam v trgovino z živili ali oblačili. Se spomniš tistega primera?"

Njena mati je prikimala.

„Po nakupovalki pianistka, potem pa učiteljica," je rekla najstnica, razklenila roke in si grizla nohte.

Mati jo je pogledala: „Ne, draga. Grizenje nohtov je zelo nehigienično." Brandy je sedela na rokah. „V tem vrstnem redu?" je rekla njena mati in se zasmejala.

„Mogoče v obratnem vrstnem redu," je zapiskala Brandy, ko sta zapeljali na dovoz. „Očka še ni doma."

Uporabila je avtomatsko odpiranje garažnih vrat, ne da bi hčerki odgovorila. Da, njen mož je spet zamujal. Vsak večer je prihajal domov vedno pozneje. Rekel je, da ga delo zadržuje, da mora delati več, ne da bi mu plačali nadure. Sovražila je, ko ni nikoli prišel domov, da bi videl Brandy, preden je šla spat. Vsaj prigrizek sta imela pripravljen. Pripravila ji je večerjo in jo namestila v njeni sobi. Tako bi lahko z možem večerjala skupaj. To bi bil lep večer, samo v dvoje.

„Vzemite torbe," je rekla.

„Dobro, mami," je odgovorila Brandy, ko sta šli v notranjost.

# POGLAVJE 13
## AVSTRALSKA ODROČNA POKRAJINA

DEČEK V ZALEDJU NA severu Avstralije**je**živel v škatli. Ko so ga našli, je bil star dvanajst let. Njegovo telo je bilo deformirano, saj je sedel z izbočenim hrbtom in dvignjenimi koleni - kot v škatli. Tudi ko so jo razbili in ga izpustili ven.

Ni znal govoriti ali pa ni hotel govoriti. Dokler ni spet začel zaupati. Potem se je raztegnil in njegovo telo se je sprostilo.

Najraje je imel tihe glasove, šepetajoče glasove. Glasne stvari, kakršni koli glasni zvoki so ga strašili. Tresel se je in se zapiral vase. Iskal je in klical: „Škatla!"

Imeli so jo tam, v kotu. Dokler ljudje v Sydneyju niso rekli, da mu ne bo bolje, če je ne uničijo.

Pri tem jim je pomagal s kladivom, ki je bilo skoraj tako veliko kot on. Ko so jo razbili na drobne koščke, so se mu oči zavihtele nazaj v glavo in izginil je. Vstran. Nekje v njegovih mislih. Nedosegljiv.

Nihče ni vedel, kdo je. Ali komu je pripadal. Kateri starši bi svojega otroka zaprli v škatlo kot žival?

Kljub temu ni stradal. Vsekakor ne za hrano. In ni bil dehidriran.

Kar je pomenilo, da je bil nekdo v bližini. Čakali so, rangerji, policisti, da se vrnejo - a se niso vrnili. Torej so morali vedeti, da je škatla v škatli ugasnila.

Ekipa psihologov je v hišo namestila kamere, tako da so lahko dečka opazovali na daljavo iz Sydneya.

Tudi drugi z vsega sveta so želeli sodelovati pri opazovanju dečka. Nekateri so pisali disertacije o zlorabi otrok, o zanemarjanju. Borili so se za vrh seznama.

Deček se je zibal sem in tja, ne da bi rekel besedo. „Boks!" je bil njegov edini napor. Toda vedel je, kaj se dogaja. Slišal je, kako si šepetajo. Milijonarji, ki so ga želeli posvojiti. Nikamor ni šel. Ostal je na svojem mestu. To je bil njegov dom.

Deček, ki še nikoli prej ni spal v postelji - če pa je, se tega ni spomnil -, zdaj ni želel spati v postelji. Namesto tega se je zvil v kepo in spal v kotu na tleh. Uporabil je blazino in odejo, ki so mu ju pustili. To razkošje je ostalo nedotaknjeno.

Medtem ko so se odločali, kaj naj z njim storijo, so imenovali sestro. V Avstraliji sestre imenujejo tudi medicinske sestre. V nekaterih primerih je sestra tudi redovnica (nuna.) Prav tako je lahko sestra, ki je medicinska sestra, tudi brat. Če je bila omenjena sestra/medicinska sestra moškega spola.

Dečkova sestra/medicinska sestra je bila prijazna gospa, ki je lase vedno nosila spete v čop. Nosila je belo uniformo z ujemajočimi se čevlji, ki so škripali ob vsakem njenem koraku.

Ko ga je prvič skušala prekriti z odejo, je zakričal, kot da bi ga napadel jezni oblak.

„Tako, tako," je rekla sestra. Zdrznila se je in dvignila odejo. Prevrgla si jo je okoli ramen in deček je zavzdihnil.

„Mehka je," je rekla.

Stisnila se je vanjo. Vonjala jo je.

„Zelo je mehka in topla," je zavpila.

Deček je segel z roko in se dotaknil roba odeje. Gladil jo je, kot da bi bila še vedno na ovci, od koder je izvirala.

„Bi si jo želel?" Sestra je vprašala.

Dva dni je zavračal, potem pa ji je dovolil, da mu jo objame okoli ramen. Potem je spal z njo, kot da je živa. Zibal jo je kot dojenčka in ji šepetal. Na koncu se je v njem tolažil in sestri ni dovolil, da bi ga vzela ali oprala.

Četrto jutro dečkove svobode so se na travniku pred posestvom začele zbirati živali. Najprej je prišla samica kenguruja. Skočila je do spodnjega dela stopnic verande, nato pa se usedla na svoje hrbte in opazovala vrata. Nato je prišel emu in storil enako. Nato so prišli sraka, kakadu in galah. Ptice so izmenično prepevale in zdelo se je, da njihovi glasovi kličejo dečka pred vrata. Pred tem mu ni bilo do tega, da bi odprl vrata ali šel skozi njih. Ko pa je zagledal živali in ptice, jim je brez oklevanja šel naproti.

Sestra ga je opazovala izza vhodnih vrat. Ni marala psov, mačk ali ptic - pravzaprav so jo strašili -, toda te divje živali so jo strašile. Če bi bilo treba, bi se odpravila ven. Upala je, da bodo kmalu poslali koga, ki ji bo pomagal.

Deček je stal na verandi in vdihnil zrak. Široko je razprl roke, še širše, nato pa si je pljuča napolnil z zunanjim zrakom. Hlastno ga je vdihaval.

Sestra, ki si je želela, da bi bil njen lastni sin, je opazovala, kako se v njegovem majhnem telesu širijo prsi.

Potem se je zgodilo.

Deček se je začel dvigovati, kot bi bil balon, ki leti, le da ni bil balon in ni bil na vrvici - bil je majhen deček.

Sestra je pobegnila. Ljubila ga je - in on je bežal. Za njo so se zaletela vrata.

„Čakaj!" je zakričala in se s stiskanjem prstov stegnila po njem.

Deček se je izmaknil. Njegove majhne noge so se dvigale. Odnesle so ga ven, še dlje. Tri ptice so ga nosile naprej in naprej.

Zagrabila ga je, a je bil predaleč. In tako je opazovala, kako je kengurujska mati dvignila oči.

In deček se je spustil na materina ramena. Ona je sedela v višavah, z njegovimi rokami okoli vratu kenguruja, in odskočila je. Ob njiju je bil v koraku tudi emu.

Sestra, ki ni vedela, kaj naj stori, je stekla v notranjost po avtomobilske ključe. Zagnala je motor in sledila dečku, dokler ga ni več videla.

Deček, ki je nekoč živel v škatli, je bil vzet iz človeškega sveta. Odšel je v svet, kjer živali skrbijo za svoje lastnike. In ta otrok je bil eden izmed njih. Bil je družina.

Deček je pel pesmi z glasovi, ki jih je poznal globoko v sebi. Glasno se je smejal in bil srečen, ko ga je odneslo v kraj v njegovem srcu. Na kraj, kjer je bil, kar mu je bilo od nekdaj namenjeno biti.

# POGLAVJE 14

## SAMOTARSKI FANT

V PREPOVEDANEM GOZDU NA JAPONSKEM se je oglasil otroški jok. Zbrali so se ptiči, se pridružili pesmi in okrepili prošnjo osamljenega dečka za pomoč. Priletela je sova Scops in prestrašila preostale ptice. Sedela je v bližini, stražila in čakala.

Zaslišal se je avtomobilski alarm. Njegovo zavijanje je preglasilo otrokove krike. Bil je v otroškem sedežu. Takšnega, ki je bil včasih na zadnjem sedežu avtomobila.

„Klik, klik," in avtomobilski alarm je utihnil, dovolj dolgo, da je voznik lahko slišal šibek otrokov jok. Z možem sta odhitela v gozd, kjer sta našla otroka, ki je bil prestrašen in povsem sam. Skupaj sta ga potolažila.

Nekaj voščenih ptic je ostalo in jih opazovalo. Ocenjujejo razmere. Šušljale so s perjem in žvrgolele. Kot da bi v živo poročali o reševanju otroka.

Ženska je odvezala otroka. Držala ga je ob sebi in mu zastavljala vprašanja, na katera je bil še premajhen, da bi lahko odgovoril. Vprašanja, kot so: „Kje je tvoja Haha, Ko? Kje je tvoj Otosan?" (Prevedeno: Kje je tvoja mati, otrok? Kje je tvoj oče?"

Njen mož je preiskal območje. Klical je. Ko se nihče ni odzval, je poiskal znamenja. Odtisi odraslih nog. Nobenih ni našel.

„Nobenih sledi," je dejal in nejeverno zmajal z glavo. Gozd zanj ni bil njegov najljubši kraj. Raje je imel mesta in hrup. Prav on je bil tisti, ki je nehote sprožil avtomobilski alarm. Upal je, da bo njegova žena želela oditi. Obljubil ji je kosilo v njeni najljubši restavraciji. Takrat je zaslišala otroka in stekla v gozd.

Zaradi njene varnosti je sledil ženi. V mestu sta se izogibala območij, kjer bi lahko prežali plenilci. Nič hudega sluteče in zaupljive ljudi, kot je bila njegova žena, so zvabili v nevarnost.

Gozd, ta poseben gozd, je bil živahen od zvokov. Živ, s svetlobo. In otroka, otroka nista mogla zapustiti.

„Pojdimo," je rekel. „Odpeljala ga bova v bolnišnico, da se prepričava, da je z njim vse v redu, in da bodo pri policiji preverili, komu pripada."

Otroka je držala tesno ob prsih in mu z roko segala po hrbtu, kot bi to storila mati z lastnim otrokom. V njenih mislih je bil samo to, njen otrok. Otrok, ki ga nikoli ni mogla imeti, ki jo je poklical, ona pa je prišla v prepovedani gozd in ga zahtevala.

„Moj je," je rekla najprej kljubovalno, nato pa bolj nežno, "hočem reči, najin. Najin otrok. Sin, ki si ga že od nekdaj želiš."

Njen mož je pogledal dečka. Potreboval ju je. In bil je premajhen, premlad, da bi se spomnil česar koli prej. Že zdaj jima je zaupal. Nihče ne bo vedel, je pomislil. Pa vendar, ali je bilo prav, da sta tega otroka vzela za svojega?

„Nihče ne bi vedel," je rekla žena, kot da bi brala njegove misli.

Po dvanajstih letih skupnega življenja se je to pogosto dogajalo. Mislila sta si podobne stvari. Govorila sta ob istem času. Zaključevala sta stavke drug drugega.

Bila sta ljubeč in stabilen par. Skupaj sta lahko otroku dala veliko. Vendar jima usoda ni namenila lastnega otroka.

Otroka je izročila možu in čakala.

Ptice nad njo so videle, kako se ji tresejo roke. S petjem so jo spodbujale, naj vzame otroka. Pomagale so mu, da se je odločil, da je otrok zdaj njegov.

Ona ga je že zahtevala v svojem srcu in v svoji duši. To je storil tudi njen mož, vendar je bil razpet med sebičnostjo. Želel je storiti pravo stvar, ne pa sebične stvari.

„Bi rad prišel in živel z nami?" je vprašal otroka.

Čeprav ni odgovoril, so se vsi trije odpravili nazaj na parkirišče. Dečka so položili na sredino zadnjega sedeža, stran od zračnih blazin.

Ptice in sova so prikimale, nato pa odletele v gozd.

# POGLAVJE 15

## ŽENA

STAREJŠA ŽENSKA SE ZIBLJE NA stolu, sem in tja, sem in tja. Njeni spomini so bežni kot oblaki. Pogosto so nedosegljivi.

Prihaja zmeda. Kmalu bo vse v njenem umu zamenjala z ničem.

Demenca ne izbira svojih žrtev glede na želje ali potrebe bolnika. Njen namen je zmesti. Odtujiti. Izbrisati.

S tem se je soočala, dokler se nekega dne ni vse obrnilo na glavo.

Tako je zdaj temu rekla, da je vse vihravo. Skratka T/T. Druga stvar je bila slaba in vedno slabša. Toda topsy-turvy je pomenilo, da ni nora, in še več, pomenilo je, da ni sama - ne več.

V mislih je videla vse. Včasih se je vse dogajalo v počasnem posnetku, kot bi kliknila na gumb na daljinskem upravljalniku. Včasih so se prizori predvajali znova in znova, nazaj, naprej, v zanki. Spet drugič je bila sredi dogajanja in ga opazovala iz prve roke kot novinarka.

Ko se je to zgodilo prvič, se je bala, da jo bodo poškodovali ali ubili. Bila je priča nekaterim stvarem, ki so ji naježile lase. Ko pa je spoznala, da je okolica ne vidi in ne sliši, se je lahko sprostila. Razen nadangelov, ki so vedeli, da je tam, vendar njene prisotnosti niso dali vedeti drugim.

Kot takrat, ko je v mislih odletela na Nizozemsko. Umirila se je in opazovala majhno deklico. Ko je otrok izgubil vid, je zavpila. Počutila se je nemočno, saj ni mogla storiti ničesar, razen opazovati. Tudi to se je sčasoma spremenilo.

Potem sta Lia in E-Z postala prijatelja, k temu pa se je pridružil še labod Alfred. Opazovala jih je in jim prisluškovala. Počutila se je kot nevidni in neslišani član njune ekipe. Opazovala je, kako so sodelovali in postali trdni prijatelji.

Potem je nenadoma v mislih spregovorila Lii in deklica ji je odgovorila. Rosalie se je odprl popolnoma nov svet.

Sprva je bil njun pogovor nekoliko omejen. Čeprav je bila med njima velika starostna razlika, sta imeli nekaj skupnih stvari. Na primer ljubezen do baleta.

Odkar so nadangeli spremenili pravila, je Rosalie še bolj pazila na Trojko. Vseeno pa te izmenjave niso bile dovolj, da bi izzvenele, da bi zaposlile njene misli.

Takrat je Rosalie odkrila Druge. Otroke z edinstvenimi sposobnostmi v drugih delih sveta - in z njimi se je lahko pogovarjala.

Najprej je bila Brandy, najstnica, ki je živela v ZDA. Nato je z njo komuniciral Lachie, znan tudi kot Deček v škatli. Tretji, a ne zadnji, je bil Haruto, ki je živel na Japonskem. Haruto je bil najmlajši med vsemi. Vsi trije otroci so imeli sposobnosti. Ona pa je bila edina povezovalka.

Za zdaj jo je Lia ohranjala povezano z Alfredom in E-Z, a kmalu jima bo morala povedati vse o drugih.

Rosalie se je tresla, ko so prišle strežnice z njeno hrano. Rdeči žele. Njen najljubši. Po tem, ko ga je polila s smetano, je pojedla prvega. Smetano, ki bi morala iti v njeno kavo.

V mislih se je zahvalila dekletu, ki je dostavilo hrano, saj Rosalie ni mogla govoriti. Ni mogla govoriti. Njen edini način komunikacije je bil v mislih...

Priklicati Trojke, da bi jo obiskale v Domu starejših, se ji ni zdelo prav. Za zdaj jo bo Lia pustila kot skrivnost, ona pa bo o Brandy, Lachie in Harutu naredila zapiske in jih zapisala v knjigo.

Skriti jo bo morala pred nadangeli. Vodila bi tajno kartoteko. Ne glede na vse ne bo izgubila sledi za temi otroki.

„OH!" je vzkliknila in segla v zgornji predal nočne omarice ob postelji. Spomnila se je na darilo. Na sprednji strani je pisalo: „Vse najboljše za rojstni dan!"

Prvih nekaj strani je popisala. Ni napisala nobene prave besede, ko je prišla do trinajste strani, pa je začela pisati. Trinajst je bilo zanjo vedno srečno število, zato je začela pisati o Brandy, Harutu in Lachieju. Toliko je bilo treba napisati. Ko jo je zabolela roka, se je ustavila, jo nekaj časa razgibavala in se vrnila k pisanju.

Rosalie se je spraševala, ali so poleg teh treh novih otrok še drugi. Če bo nekaj časa počakala, bodo morda tudi oni spregovorili z njo. Bolje bi bilo, če bi svojo skrivnost povedala, ko bi se razkrili vsi otroci.

Rosalie je bila previdna, da na zunanjo stran knjige ne bi napisala „Skrivnost" ali „Zasebno". In bila je vesela, da ji ni bil priložen ključ. Zaradi teh treh stvari bi vsakdo, ki bi videl zvezek, želel prebrati zvezek. Postali bi radovedni kot mačka. Veliko ljudi njene starosti je bilo radovednih. Toda ko bi videli prvih trinajst neurejenih strani, ne bi hoteli brati.

Prelistala je knjigo do konca. Rosalie je zadnjih trinajst strani zapolnila s še bolj neurejeno pisavo. Nato je knjigo in pisala pospravila nazaj v predal in ga zaprla.

Nasmehnila se je, se naslonila nazaj na blazino in si naslonila roko ter razmišljala o večerji. Predvsem o sladici.

# POGLAVJE 16

## KJE BOSTE STALI?

V SVETU, V KATEREM ŽIVIMO, so tako dobri kot slabi ljudje. Svet, ki ga obvladujejo ljudje, ki so pomanjkljivi in nepopolni. Ljudje, ki niso roboti ... niso programirani, da bi bili dobri ali slabi.

V življenju se učimo iz tega, kar vidimo, kar opazimo, kar nas učijo in kar postanemo.

Učimo se iz temeljev, ki so nam bili postavljeni. Ko rastemo in širimo svoja obzorja, se moramo odločati.

Od nas je odvisno, ali bomo naučeno znanje uporabili. Izbrati moramo med napačnim in pravilnim.

Skozi stoletja so bili veliki ljudje prevarani. Veliki in mogočni ljudje. Celo odrasli.

Včasih je odločitev preprosta. Brez sivih območij. Včasih nas vodijo sile, na katere nimamo vpliva. Drugi nas silijo, da sledimo njihovemu etičnemu kodeksu. Včasih se pojavijo nepričakovani elementi.

Recimo, da smo na poti in nam nekdo postavi oviro. Lahko jo odstranimo ali pa se ustavimo in počakamo, da jo oseba odstrani. Lahko se odločimo.

V življenju gre za izbiro. Odločitve, ki jih sprejmemo, nas lahko zaznamujejo za vse življenje. Sledimo tej cesti, na kateri so zidaki, položeni na podlagi naših dobrih odločitev.

Lahko pa se pustimo zapeljati na napačno pot. Prevarani. Prevarani, da bi ravnali v nasprotju s tem, kar vemo, da je res.

Ko se to zgodi, se lahko vse podre - kot domine.

In naša dejanja - ali neukrepanja - bodo imela posledice. Ne samo za nas. To, kar počnemo, vpliva na druge.

In na koncu, ko umremo, nas vse ujamejo in držijo v naročju lovilci naših duš.

Furije - tri zlobne boginje - prevzamejo nadzor nad lovilci duš.

Lovilci duš se ugrabijo.

Duše letijo naokrog brez doma.

Duše brez doma.

Na obzorju je kaos.

Kje boste stali?

# POGLAVJE 17

## ROSALIE V BELI SOBI

ROSALIE JE ODPRLA OČI. Bil je čas za malico in zahtevala je pladenj za zajtrk. Njena soba je bila na poti v jedilnico. Ko so nosili hrano tja, je začutila vonj po slanini. Ob tem se ji je v ustih pocedila voda. In kava. Čakala je, da pride na vrsto. Ni imela druge izbire, kot da počaka, da pride na vrsto.

Vedela je, da stanovalce raje hranijo v jedilnici. Razumela je, da se je treba držati urnika. Kljub temu je vedela, da bodo prišli na vrsto - sčasoma. V domu za ostarele, v katerem je živela, so vedno prišli na vrsto.

Opazovala je kardinala na drevesu pred oknom in razmišljala, da bi vstala iz postelje, da bi si ga pobliže ogledala. Toda ko je odgrnila odejo in stopila na preprogo, se je počutila čudno. Neumorno.

In pristala je v Beli sobi.

Nič se ni spremenilo, odkar je bil tam E-Z. In ni trajalo dolgo, da se je Rosalie znašla na nogah in začela raziskovati.

Ko je s prsti tekla po knjižnih policah, je imela občutek déjà vu. Ali je že bila v tej sobi?

Premaknila se je v središče sobe in se obrnila. Knjižne police so se nadaljevale in nadaljevale. Vse do koder je segel pogled. Zaradi njihove višine se ji je zavrtelo v glavi in želela se je usesti, da bi zajela sapo.

**BINGO**

Pojavil se je udoben stol, na katerega se je usedla. Naslonila se je nazaj, nato pa ugotovila, da ima koleščke in se lahko vrti, zato ga je obrnila. In ga obrnila. Nato je zaprla oči in se spočila. Še dobro, da še ni zajtrkovala, saj jo je malo stisnilo v želodcu, ko se je nad njo nekaj premaknilo.

Ali pa se ji je to le zdelo.

„Ti tam!" je zakričala in pokazala v nič in nikogar. „Videla sem, da si se premaknil, ti, ti mali ... karkoli že si, pridi ven, pridi ven," jo je pregovorila.

Odločila se je, da si je to izmislila, in se vrnila k raziskovanju okolice. In se spraševala, kako se je znašla na tem mestu.

„Ali sem se vrnila v svojo sobo in si domišljam, da sem na tem mestu?" Z nohti se je zarila v naslonjala stola. Opazovala je, kako so v usnjeno površino strgali sledi. Bile so lahke praske, dovolj lahke, da jih je bilo mogoče odstraniti z rahlim drgnjenjem. Navsezadnje je bila gostja, gostje pa morajo vedno skrbeti za prostor, ki ga obiščejo. V nasprotnem primeru jih ne bodo več povabili nazaj.

Nad njo se je spet nekaj premaknilo. Tokrat ga je spremljal zvok plapolanja kril. Je bila tam zgoraj ujeta ptica, ki se ni mogla rešiti?

„Prihajam, malček," je rekla, vstala in odšla proti lestvi.

Lesena konstrukcija se je, kot da bi lahko brala njene misli, skotalila po tleh in se ustavila pri njenih nogah.

„Skoči!" je rekla.

Rosalie je to storila in šele ko se je sama premaknila, je spoznala, da je stvar spregovorila z njo.

„Uh, hvala," je rekla, ko se je ustavila.

„Ni kaj," je rekla lestev. „Iščete kakšno posebno knjigo?"

Rosalie se je zasmejala. „Zdelo se mi je, da sem slišala ptico. Ššš."

Lestev se je zasmejala. „Tukaj ni ptic, gospa. Zvok, ki ga slišite, prihaja iz knjig.“

„Knjige s krili?“ ‚Da,‘ je odgovorila lestev. Potem pa: „Ti tam! Pojdi sem!“

Rosalie je opazovala, kako se je debela črna knjiga potisnila do roba police. Nato so ji spredaj in zadaj zrasla krila. Knjiga je poletela navzdol in pristala v Rosalijinih rokah.

„O moj!“ je rekla in pogledala na hrbet. „Mislim, da sem jo že prebrala.“

**DWOING.**

Knjiga se ji je iztrgala iz rok in se vrnila na svoje prvotno mesto na polici.

„Žal mi je,“ je rekla Rosalie. Nato je lestvi rekla: „Upam, da nisem užalila gospoda Dickensa.“

„Če ste z mano končali,“ je rekla lestev, “naj vam predlagam, da skočite dol.“

„Žal mi je, da sem vam zapravljala čas,“ je rekla.

„Niste. Vesela sem, da sem vam lahko ustregla.“

Rosalie je stopila navzdol in lestev je odpeljala na drugo stran sobe.

Rosalie si je otipala čelo, ne, ni bila vročična. Nivo sladkorja v krvi ji je verjetno padel prenizko. In zdaj ne bo mogla jesti, ne več ur. In ta tatica Agnes Lindsay ji bo ukradla zajtrk. Prikradla bi se v njeno sobo in ga pojedla do zadnjega koščka. Ko se bodo oskrbniki vrnili po pladenj, bodo mislili, da ga je Rosalie pojedla. Rosalie in Agnes sta bili zapriseženi sovražnici.

Da bi odvrnila misli od krulečega želodca, se je Rosalie osredotočila na knjige. Zlasti na eno knjigo. Knjigo, ki jo je kot majhna deklica rada brala znova in znova. Imenovala se je Anne of Green Gables by, by… Ni se mogla spomniti avtorjevega imena.

„Lucy Maud Montgomery," je rekla lestev, ko se je približala njeni strani. „Hop ena," je rekla.

„Ah, hvala za ponudbo, vendar sem preveč lačna in morda preveč omotična, da bi splezala nate."

„Usedi se," je rekla lestev, "tja." Nato je lestev zapiskala in visoko na policah se je premaknila knjiga. Na sprednji in hrbtni strani so ji zrasla krila in poletela je v Rosalijine roke. Objokovala jo je na prsih.

„Hvala," je rekla.

„Je to vse?" je vprašala lestev.

„Da, razen če imaš nekje v tej sobi skrit dodaten par očal za branje."

**BINGO.**

Očala so se pojavila in se popolnoma naravnost usedla na njen nos.

Lestev se je vrnila na svoje mesto.

Rosalie so boleli gležnji.

**BINGO.**

Pod njenimi nogami se je pojavil stojalo.

Odprla je knjigo. V njej je bila skica soimenjakinje Anne Shirley. S prstom je potegnila po obrisih rdečih las majhne osirotele deklice.

Anne je pomežiknila Rosalie. Ta je pomežiknila, nato pa se ji nasmehnila v zameno. Že prej je slišala za interaktivne knjige, a ta je bila še boljša!

S tresočimi rokami je razgrnila zemljevid Kanade in s pogledom sledila puščicam, ki so vodile do Otoka princa Edvarda. V mislih je prehodila razdaljo in prispela v Green Gables. Pred hišo so stali Cuthberti. Čakali so na Anne.

Obrnila je stran in začela brati. Ob tem se je smejala vsakemu zapletu, v katerem se je znašla Anne.

Nato je Rosalie zabrundalo v želodcu in zaželela si je nekaj zelo nenasitnega. Solato iz želeja. Nekaj, kar ji je mama pripravljala ob posebnih priložnostih, ko je bila še majhna deklica. Najraje je imela stepeno smetano na vrhu.

**BINGO.**

Pred njo je bila mavrična solata Jell-o, ki je bila na vrhu obložena s kančkom stepene smetane. Mislila je, da sta žlica in

**BINGO.**

Pojavila se je ena. Potem pa se je spomnila, kako sta jo mama in oče grajala, če je najprej pojedla sladico. Pomislila je na pire krompir. Parno vroč z maslom, ki se je topilo na vrhu. Oh, in mesna pečenka s kečapom. In sveže nabrani grah z vrta.

**BINGO.**

Pred njo je bila velika skleda pire krompirja. Maslo se je topilo ob straneh. To je bila prava umetnina. Videti je bilo skoraj preveč dobro, da bi ga lahko pojedli.

Poleg nje je bil kvadrat mesne štruce s kečapom na vrhu.

V posebni skledi je bil grah. Na vrhu je bila vejica mete.

Nasmehnila se je. Kot majhna deklica ni marala, da bi se njena hrana dotikala. V tej sobi je kuhar vedel, kaj ji je všeč.

Toda kuhar ji je pozabil dati pripomočke za prehranjevanje. Predstavljala si je nož in vilice.

**BINGO.**

Prišla sta tudi ta. Hlastno je jedla. Pazite, da ne poškodujete Ane iz Zelenih glin. Knjiga, ki je začutila potrebo po zaščiti, je poletela in obvisela v zraku, kjer jo je Rosalie zlahka dosegla.

Rosalie je pojedla vse, vključno z želatinasto solato, ki se je na žlički kar šibila.

Ko je končala, je

**BINGO**

so posoda, pribor itd. izginili.

Po nekaj trenutkih hvaležnosti za hrano, ki jo je dobila, je pogledala v knjigo.

Če je priletela k njej, je nadaljevala z branjem.

Branje in čakanje.

Na kaj ali na koga je čakala, ni vedela.

# POGLAVJE 18
## CHARLES DICKENS

V MESTU LONDON V Anglijі**je**z neba padla kovinska posoda.

Posoda ni bila dolga ali podobna silosu. Pravzaprav je bila še najbolj podobna kapsuli. Razlika je bila v tem, da je bil ta predmet kvadratne oblike in ni imel oken. Namesto oken je bilo na vseh straneh zrcaljeno. Ker je bil ploščat, je ob trku z vodo z ogromno silo zdrsnil po njej. Pristal je na bregu reke Temze.

Vse to sta opazovala dva detektorista, ki sta se imenovala John in Paul. Oba sta bila stara okoli trideset let. Preživljala sta se z dobičkom od odkrivanja. Zato sta veljala za poklicna detektorja.

Njun delovni čas je bil različen. Bila sta samozaposlena ter odgovorna za vzdrževanje in upravljanje svojih orodij.

Detektor je potreboval veliko orodij. Na izkopavanje se ni želel odpraviti nepripravljen. Večina je povsod s seboj nosila škatlo z orodjem. V njej so bili nujni predmeti. Če jih naštejemo le nekaj: slušalke, dežne prevleke, pasovi, orodje za kopanje, lopatice, pas za orodje, predpasnik (z žepi,) nepremočljiva torba, nahrbtnik, vreča za smeti.

Večina Johnovih in Paulovih izkopavanj je bila v Londonu ob Temzi. V skladu z zakonom sta imela dovoljenja Standard in Mudlark. Dovoljenja je izdajala londonska pristaniška uprava.

Dovoljenje jima je omogočalo kopanje do globine 7,5 cm, če je bilo potrebno (lestev je bila potrebna ne glede na to, ali ste nameravali kopati ali ne).

V primeru kvadratnega predmeta - ki je pristal pred njimi - je bilo treba nekaj razmišljanja vložiti v to. Preden so ga prinesli in ga zahtevali.

„Bi si ga radi ogledali od blizu?" Paul je vprašal.

John, ki ni veliko govoril, je prikimal.

Z orodjem v roki sta se odpravila naprej. Njuni škornji wellington so škripali in gnetli, z vsakim korakom so izpodrinili blato in vodo. Obrežje reke je bilo po večdnevnem deževju pogosto zelo blatno.

„Zahtevajte!" Paul je rekel.

„Pravično," je rekel John.

Čeprav sta jo oba videla ob istem času, je vedel, da je to trditev tudi v njegovem imenu. Bila sta partnerja, vedno sta bila, in tega ne bo nič spremenilo.

Oba sta se prebijala naprej, dokler nista prišla do nje. Bila je kot kvadratna zrcalna krogla, in ko sta jo skušala preučiti, sta v njej videla le svoje lastne odseve.

„Moram se postriči," je rekel John.

Paul se je posmehnil, ko se je s prstom čevlja dotaknil njene strani. „Mora obstajati način, kako jo odpreti," je rekel.

„Prevelika je, da bi se lahko prevrnila," je rekel John, ko je iz žepa potegnil merilni trak in izmeril višino ene strani. Paulu je pokazal rezultate, ki so se glasili: 60 centimetrov.

Sprehodila sta se okoli predmeta. Tu in tam sta se ustavila in se dotaknila. Pazila sta, da na zrcalni predmet ne bi nanesla umazanih prstnih odtisov. Upala sta, da se bosta dotaknila skrivnega gumba in ga odprla.

In poslušali. Da bi se prepričali, da ne tiktaka.

„Morda bi ga morali odnesti v muzej ali prijaviti naše odkritje?" Paul je predlagal. „Poslali bi tovornjak ali žerjav, ki bi ga pobral in prepeljal. Potem ko si ga bodo ogledali bombni policisti."

John je zmajal z glavo.

„Če bodo poslali bombaše, ga bodo razstrelili. Povsod bo razbito steklo in naš zahtevek bo neuporaben."

„Res, res," je rekel Paul. „Ti fantje radi razstreljujejo stvari. Mislim, to je prednost, kajne?"

„Mislim, da je. Kaj naj storimo zdaj? Ne tiktaka. Glede tega smo si na jasnem."

„Ja. Ni potrebe po oddelku," je rekel Paul. Z rokami za hrbtom se je sprehodil okoli objekta. To je bila njegova miselna hoja. John je hodil za njim in sledil njegovim korakom z rokami za hrbtom.

Paul je rekel: „Ugotoviti moramo, kaj je to in kako staro je. V skladu z Zakonom o zakladih iz leta 1996 moramo zahtevati le določene stvari. Ni videti kot zlato ali srebro in vsekakor ni videti starejši od tristo let. Morda je ta najdba naša in samo naša, kar pomeni, da nam je morda ni treba prijaviti našemu lokalnemu uradniku za stike z najdišči (FLO).

„Zagotovo ne gre za zlato ali srebro," je dejal John, potrkal na kovinski predmet in prisluhnil. Zvenelo je votlo. Potolkel ga je na nekaj mestih in prisluhnil.

Nad njima sta se pojavili dve luči.

Ena je bila zelena, druga rumena.

Pristali sta na vrhu predmeta.

„Kšuk!“ Paul je rekel.

„Ali se nam je zmešalo?“ John se je popraskal po glavi.

„Ne mislim,“ je odgovoril Paul.

Luči so se dvignile in lebdele naokoli. Oba sta se spustila do vznožja zabojnika. Ko sta se ustalila, so ju luči dvignile in ju držale na mestu. Čez nekaj sekund se je začela obračati, najprej počasi, nato pa se je pospešila. Kmalu se je začela vrteti z veliko hitrostjo. Med vrtenjem je začel peti z visokim glasom.

Detektoristi so padli na kolena in si z rokami pokrili ušesa. Po telesu jih je spreletavala slabost, ki ni bila podobna morski bolezni. In bilo jih je zelo strah.

„Kaj se dogaja?!“ John je zavpil.

„Mislim, da se je stvar izlegla!“ Paul je odgovoril.

Ko je posoda padla na tla, je začela pulzirati. Tresla se je. Tresel se je. Ko je zrcalna škatla zijala odprta, se je njen del kot dvižni most spustil na travnati rečni breg.

„Arrrgggggh!“ so zavpili detektoristi.

Čakali so in gledali skozi prostor med prsti. Niso bili več zainteresirani, da bi stvar zahtevali. Nič več jih ni zanimala njena vrednost.

Izstopil je mladenič.

„To je otrok," je rekel Paul in vstal.

Tudi John je vstal in si položil roke na boke.

„Počakaj," je rekel Paul. „Oblečen je kot eden od tistih otrok iz Oliverja Twista."

„Ponovno sem se rodil," je vzkliknil deček, si odvrgel kapo in jo nato vrnil na glavo. Raztegnil se je, zijal in si ogledal okolico. „Poglej, tam! Stavbe parlamenta. Spremenile so se, odkar sem jih nazadnje videl. In poslušajte," je rekel, ko je ura enkrat, dvakrat in trikrat odbila. „Zakaj so Veliki zvon postavili v kletko?" je vprašal.

„Kaj misliš s kletko? Imenuje se Big Ben," je rekel Paul. „In zakaj si tako oblečen? Ali ste prišli na kostumsko zabavo?"

Mladenič si je polepšal sprednji del telovnika. Preveril je, ali je njegov telovnik popolnoma zapet in ali so noge hlač popolnoma spuščene. Bolj je bil navajen nositi kratke hlače, daljše pa so se mu vedno hotele zavihati. Na glavi je imel klobuk, ki ga je snel, preden je znova spregovoril.

„Ali poznate pot do Portsmoutha?" je vprašal. „Mama in oče bosta skrbela zame."

Detektorista sta se spogledala, vendar nobeden od njiju ni spregovoril. Enkrat v življenju sta ostala brez besed.

„Odhajam," je rekel fant in si spet nataknil klobuk.

**POP.**

**POP.**

Hadz in Reiki sta prispela in blokirana priletela neposredno pred fantove oči.

„Charles Dickens, ostati moraš s tema dvema moškima. Popeljala te bosta tja, kamor moraš. Ti moraš biti z E-Z."

„Kaj sta rekla?" John si je drgnil ušesa. „Mislim, da se mi je zmešalo."

„Rekli so, da je Charles Dickens. Charles Dickens! In mi naj bi mu pomagali priti na E-Z, kdorkoli že je, ko je doma," je odgovoril Paul.

Charles Dickens. THE Charles Dickens. Sicer znan kot E-Z-ov in Samov daljni sorodnik... Nagnil je kapo proti obema pravljičnima bitjema. „Nekoč sem imel knjigo z vilo na naslovnici, ki jo je napisal Grimm. Ali ga poznate?" je vprašal.

Hadz in Reiki sta se zahihitala in izginila.

**POP**

**POP.**

Charles Dickens si je ponovno nataknil klobuk: „Odhajam v Portsmouth." Začel je hoditi.

„Ne, ne greš," so v en glas dejali detektoristi.

„Seveda sem," je rekel.

„Do Portsmoutha je dolga pot," je rekel John.

Za njima se je zrcalna kocka začela tressti in ropotati. Nato je spregovorila: „Ta cybus autem speculatam se bo samouničil v 5, 4, 3, 2, 1, 0."

Detektoristi so padli na tla in si z rokami pokrili glave.

**POOF.**

In ga ni bilo več.

„Fuj!" Dickens je rekel. Nato je pokazal proti Londonskemu očesu. „Kaj za vraga je to?" je vprašal.

Detektoristi so stekli pred Charlesa. Vodili so in čistili pot. Kot dva nogometna branilca sta ga varovala. Izogibala sta se kolesom, pešcem in potepuškim psom. Usmerjali so ga na druge poti, da bi se izognil tramvaju, taksiju in skuterjem.

„Imenuje se Londonsko oko in od tam se vidi na kilometre daleč."

„Ali lahko kmalu kaj pojemo?" Charles je vprašal in si podrgnil želodec.

„Zakaj ne bi najprej prišli k nam in popili skodelico čaja," je vprašal Paul. „Moja mama pripravi odličen čaj in morda bo dodala še kakšen piškotek ali dva."

„To se mi zdi dobro," je rekel Dickens. „Potem se bom moral odpraviti domov. Mama se bo spraševala, kje sem. Ne smem ostati zunaj pozno in glede na to, kje je sonce, pričakujem, da bo kmalu zašlo."

Ko sta se približala Convent Gardensu, je Dickens opazil tablo. „Poglej tukaj," je rekel. „Tu je zapisano moje ime."

John in Paul sta pogledala Charlesa Dickensa.

„Kaj?" je rekel.

„Postali boste najslavnejši britanski pisatelj vseh časov," je rekel John. „In Oliver Twist je eden tvojih najbolj znanih likov."

„Res?" Charles je vprašal.

„Res je," je rekel Paul. „In ne bi te rad užalil ali kaj podobnega, ampak, veš, tudi William Shakespeare je precej znan," je dejal Paul.

„Shakespeare je bil dramatik. Ali sem jaz pisal igre?" Charles je vprašal.

„Ne, pisal si romane. No, potem imaš morda prav."

Prišli so do Paulove hiše. „Mama, to je Charles Dickens," je rekel.

Bila je v kuhinji, nosila je pinny (predpasnik) in si obrisala roke na sprednji strani predpasnika, preden je Charlesu stisnila roko.

„Si v kakšnem sorodstvu s tistim Charlesom Dickensom?" je vprašala Paulova mama.

„Lepo te je spet videti," je rekel John in spremenil temo. „Ali sem lahko tako nesramen, da vas prosim za skodelico čaja s kruhom in maslom?"

„Vi trije pojdite noter in se usedite, jaz bom prinesla," je rekla in jih odgnala iz kuhinje.

Namestili so se v sprednji sobi. Paul je sedel blizu okna, da je lahko gledal skozi mrežaste zavese.

Medtem sta John in Paul razmišljala podobno. Kako sta odkrila Charlesa Dickensa in kako bi lahko s tem zaslužila nekaj denarja.

Paul je poiskal: Kdaj je umrl Charles Dickens? Odgovor: Kdaj je umrl Dickens? 1870. Na zaslonu je pokazal Johnu.

„Zakaj si hotel iti v Portsmouth?" John je vprašal.

„Tam sem nekoč živel," je rekel Charles.

„Imate še kakšno knjigo?" je vprašal Paul. „Mislim knjige, ki jih še niste izdali?"

„Ne vem," je rekel Charles. „Ali sem napisal veliko knjig?"

„Ja, zagotovo si jih napisal," je rekel John.

„So kakšne dobre?" Charles je vprašal.

„Ko sem bil majhen, sem prebral Oliverja Twista in tudi Velika pričakovanja. Odlične, a zame nekoliko dolge," je dejal Paul.

„Božična pesem je bila dobra," je rekel John. "Ni predolga in vsebuje odlično lekcijo."

V sobi je bilo nekaj minut tiho.

„Najti moram tega Ezekiela Dickensa - ali kot ga poznajo prijatelji E-Z," je rekel Charles. „Ne vem, kako to vem, ampak mislim, da živi v Ameriki." Zijal je in komaj držal odprte oči.

Vstopila je Paulova mama s pladnjem, polnim dobrot. Vsi so se najedli do sitega in Charles je kmalu zaspal na stolu.

„Ah, mali je trdno zaspal," je rekla Paulova mama, ko je čez njega položila odejo.

„Tako majhen je," je rekla.

„Toda je eden največjih pisateljev."

„Pisanje ima v krvi, zato bo morda nekoč postal velik pisatelj."

Paulova mama se je zasmejala, nato pa odšla v svojo sobo, da bi si malo ogledala televizijo.

Medtem sta Paul in John razpravljala o tem, kaj bi morala storiti z Charlesom Dickensom.

„Škoda, da ga ne moremo obdržati," je rekel John.

„Mislim, da ga muzej ne bi sprejel," je rekel Paul.

Oba sta se strinjala, da bosta o Charlesu Dickensu poiskala nekaj informacij na internetu.

**POP**

**POP.**

John in Paul sta gledala predse, kot da bi spala. Čeprav sta bila daleč stran. Hadz in Reiki sta jima zapela pesem, ki se je glasila nekako takole:

„Charles Dickens je le deček.

Ni igrača za detektoriste.

Pomagajte mu najti njegovega bratranca v ZDA.

To storite zjutraj, sicer boste plačali!"

Ta pesem se je vrtela v Johnovih in Paulovih glavah, dokler nista vedela, kaj morata storiti.

„Našla bova E-Z Dickensa," je rekel Paul.

„Ja, tako je prav," je rekel John.

**POP**

**POP.**

In že sta bila proč.

# POGLAVJE 19

## ROSALIE JE DOLGČAS

ROSALIE SE JE NAVELIČALA brati knjigo Anne of Green Gables. Starejša ko je postajala, težje se je osredotočala na eno samo stvar za dlje časa. Odstranila je očala in si zaželela sivkino masko, ki bi ji prekrila oči.

**BINGO.**

Mehka maska z vonjem sivke je zakrila svetlobo in pomirila njene utrujene oči.

„Kot da je tu čarobni džin!" je rekla, nato pa zaprla oči in zaspala.

Ko se je čez nekaj časa prebudila in si snela masko, je bila spet v svoji postelji v domu starejših. Je bila nora ali pa se je v mislih podala na potovanje?

Rosalie se je počutila nekoliko hladno, verjetno zaradi hladnega sterilnega okolja, v katerem je bivala. Ob določenih urah dneva se je temperatura znižala.

Takrat je opazila, da so bili stanovalci v svojih sobah, medtem ko so obiskovalci pospravljali. Ker so se trudili, niso opazili mraza. Ne tako kot starejši, ki niso delali ničesar.

**BINGO.**

Spodnji predal njene omarice se je odprl in proti njej je priletel njen mehki in puhasti rdeči pulover. Ustalil se je, medtem ko je vanj položila roke. Stisnila se je k njemu in začutila njegovo toploto, ko se je stvar sama zapenjala.

„To je precej nenavaden dogodek," je rekla.

Sedela je tiho in sanjarila o skodelici vročega čaja z veliko sladkorja in mleka.

**BINGO.**

Na bližnji mizi je stal čudovit čajnik z rožami. Ko je bil čaj namočen, se je prelila v ustrezno skodelico, dodala dve kocki sladkorja in ščepec mleka.

„Prosim, tri grudice," je prosila Rosalie.

Dodala je še tretjo kocko.

Skodelica čaja na krožniku je priplavala proti njej.

„Kaj pa piškotek ali dva?" je vprašala.

Skodelica se je ustavila v zraku.

**BINGO.**

Na krožniku sta bila zdaj dva piškota.

„Pozabila si na čajno žličko!"

**BINGO.**

„Hvala," je rekla in se še vedno spraševala, ali ima halucinacije in/ali se ji je zmešalo.

Čaj je bil še vedno vroč, a ne prevroč. Sladek, ne presladek. In s kruhom se je odlično podajal.

Ko je popila vse do zadnje kapljice iz skodelice....

**BINGO**

ji je izginila naravnost iz rok.

Spraševala se je, kako dolgo bodo še trajali ti čarobni triki ali triki njene domišljije. Dokler bodo trajale, bo v njih uživala v polni meri.

„Počakajte trenutek!"

Spomnila se je na knjigo. Tisto, za katero ni želela, da bi jo kdorkoli lahko prebral.

„Ali lahko," je prosila zrak, „popraviš, da bo drugi, ki bo lahko prebral mojo knjigo." Segla je v predal in jo dvignila. „Torej so poleg mene edini, ki jo lahko berejo, Lia, Alfred in E-Z. Nihče drug. Če jo najde še kdo drug in prelista strani, bodo vse prazne."

Počakala je na znak. Ali hrup, a ga ni bilo.

Knjigo je vrnila v predal, se obrnila in spet zaspala.

**POP**

**POP**

„Ali že spi?" Hadz je vprašal.

„Mislim, da spi. Smrči!"

„Pazi, da je ne zbudiš. Vendar jo moramo pripeljati na krov - mislim, uradno."

„Nadangeli so ji dali moči, da bi nadzorovala Lio, E-Z in Alfreda. Oni vedo zanjo," se je spomnil Reiki.

„To je res in ona bo zvesta tem otrokom. In drugim. Nadangeli o njih ne vedo podrobnosti - in mislim, da je tako bolje."

„Strinjam se. Torej, kaj moramo storiti. da bo tako?"

„Rosalie," ji je Hadz zašepetal naravnost v levo uho. „Želiš pomagati Lii, E-Z in Alfredu, kajne?"

„Da," je zavpila Rosalie.

Reiki je spregovoril. „Kaj pa drugi? Si jih pripravljena zaščititi? Tudi pred nadangeli?"

„Da," je odgovorila Rosalie.

„Zelo dobro," je rekel Reiki. „Zdaj pa ji dajmo spodbuditi spomin. Ne želimo, da bi pozabila, s čimer se je strinjala, kajne?"

Hadz in Reiki sta zapela pesem,

„Spomini so lepi.

Ki lebdijo naokoli kot dimni obročki.

Nazaj in naprej, naprej in nazaj

Rosalijini spomini naj jo ohranjajo na pravi poti.

Magija, magija v zraku in morju

Vezani na našo pogodbo z Rosalie.“

**POP**

**POP**

Hadž in Reiki sta izginila, medtem ko je draga stara Rosalie še naprej smrčala.

# POGLAVJE 20

## COUSINS

Z JUTRAJ, V ANGLIJI, KO je vrelo, sta se John in Paul pripravljala. Računalnik je bil vklopljen, iskalnik pa odprt.

„Naredil bom čaj," je rekel John.

„Jaz bom začel tipkati," je rekel Paul in v iskalno vrstico vtipkal Ezekiel Dickens. „Oh," je rekel. „To je bilo nepričakovano."

John je prišel s pladnjem čaja, kockami sladkorja v skledi, vročim toastom z maslom in kozarcem marmelade ob strani.

„Ali si kaj našel?" je vprašal.

„Poglej to," je rekel Paul, obrnil zaslon in v čaj vmešal sladkorne grudice.

To je bila spletna stran o superjunakih The Three's Superhero. Gledala sta, kako se je E-Z predstavil, sledila sta mu Lia in Alfred.

„Ali je to legalno?" John je vprašal. „Izgledajo kot trije liki iz risank."

Nato se je začela uprizoritev reševanja na toboganu. Paul je pritisnil na tipko PAUSE. Odprl je še eno okno. Vtipkal je Reševanje v zabaviščnem parku E-Z Dickens. Pojavil se je časopis s člankom o tem. „To je res," je rekel.

„Torej je Charlesov sorodnik superjunak?"

„Misliš, da sva si sploh podobna?" Charles je vprašal. Še vedno je napol spal v preveliki pižami, ki so mu jo dali za spanje. S krožnika je vzel rezino toasta in vanjo ugriznil.

„Oba imata Dickensove nosove," je rekel John.

Charles si je natančneje ogledal ustavljeni del zaslona.

„Glede na to, kdaj sta se rodila," je rekel Paul in googlal, od leta 1812 do danes, bi bil E-Z tvoj sedmi ali osmi bratranec po svaštvu."

„Kaj pomeni, da je bratranec ali sestrična v sorodu?"

„Pomeni število generacij med vama," je rekel John.

„Torej je moj prednik superjunak. Kaj je superjunak? Ali je kot v filmu Sir Gwain in zeleni vitez?"

„Ah, spomnim se, da sem to bral v šoli, ko sem bil deček, ja, vitezi in superjunaki so si podobni," je dejal Paul.

John se je pomaknil navzdol, da bi preveril, ali je E-Z Dickens omenjen še kje drugje. Na YouTubu so bili posnetki njegovega igranja bejzbola, preden je bil na invalidskem vozičku in potem.

„Je precejšen športnik," je dejal John. „In se ukvarja s športom na invalidskem vozičku."

„Igra je podobna igri Rounders," je dejal Charles.

„Oh, počakaj, tukaj je nekaj o njegovih starših," je rekel Paul.

Prebrali so nekrologe E-Z-jevih staršev o nesreči, ki jima je vzela življenje.

„Ubogi fant," je rekel Charles. „Zdaj ima vsaj očetovega brata Sama, ki skrbi zanj."

„Zakaj ga ne bi kar poklicali?" Paul je vprašal. Odprl je telefon in poklical informacije.

Charles ga je gledal čez ramo, Paul pa je govoril vanj in oglasil se je ženski glas. „Potrebujem skodelico čaja," je rekel.

John je šel v kuhinjo, da bi mu ga prinesel.

Medtem je Paul prosil za številko Ezekiela Dickensa v Severni Ameriki. Ko je telefon začel zvoniti in ga je izbrskal, ga je Paul prestavil na zvočnik.

„Pozdravljeni," je rekel Sam.

Charles je skoraj spustil skodelico čaja.

„Uh, pozdravljeni, ime mi je Paul in kličem iz Londona v Angliji. Rad bi govoril z Ezekielom Dickensom, prosim."

„Jaz sem njegov stric, lahko vprašam, za kaj gre?" Sam je odšel po hodniku do E.Z. sobe.

*Trojica* je na novem televizorju z ravnim zaslonom gledala film. Sam je vzel daljinski upravljalnik in pritisnil tipko MUTE. Nato je telefon vključil na zvočnik.

„Če sem iskren, nisem povsem prepričan," je rekel Paul. „Nisem jaz tisti, ki želi govoriti z njim, ampak..."

„Jaz." Telefon je prevzel nov glas. Glas mlajše osebe.

„In kdo ste vi?" Sam je vprašal.

„Ime mi je Charles Dickens."

Sam je predal telefon nečaku. „Pravi, da mu je ime Charles Dickens."

„Rekel sem ti, da se bo danes zgodilo nekaj nenavadnega," je rekel Alfred.

„Tudi jaz," je rekla Lia, "vendar nisem vedela, da bo šlo za Charlesa Dickensa!"

E-Z je okleval, preden je rekel: „To je E-Z Dickens, gospod Charles. Kako vam lahko pomagam?"

Charles se je zasmejal. To je bil živčen smeh. Ni vedel, kaj naj reče. Še nikoli ni govoril z nekom, ki je bil na drugem koncu sveta.

„Vrnil sem se," je odvrnil. „Da bi te našel. John in Paul, moja prijatelja, sta (z roko se je dotaknil telefona) - detektorista ..."

E-Z izraza detektoristi še ni slišal.

„Uporabljajo aparate za iskanje stvari," je dejal Alfred.

Paul je prevzel besedo. „Neka stvar je pristala v reki. V njej je bil Charles Dickens. Dve luči, zelena in rumena, sta nam povedali, da mora Charles stopiti v stik z E-Z Dickensom."

„Kakšna stvar?" E-Z je vprašal. „Je bila podobna silosu?"

„Tukaj je John," je rekel nov glas. „Ne, to je bila kocka. Zrcalna kocka."

E-Z si je z dlanjo segel po telefonu: „Ne zveni kot ena od tistih silosnih stvari."

„So vas poslali angeli?" Lia je zamrmrala. „Mimogrede, jaz sem Lia in drugi glas, ki ste ga slišali, je bil Alfred. Tukaj sva skupaj z E-Z in Samom."

„Veseli me, da vas spoznavam," je rekel Charles.

„Koliko ste stari?" E-Z je vprašal.

„Mislim, da okoli deset let. Ali je res, da smo bratranci in sestrične?"

„Da," je rekel E-Z, "in stric Sam je tudi tvoj bratranec."

„Povezani smo skozi prostor in čas," je rekel Charles.

„E-Z je tudi pisatelj," je rekel Sam.

E-Z se je zdrznil in lica so mu postala vroča.

Sam je s komolcem vrnil nečaka v realnost.

„To je veliko za predelati, gospod Dickens, hmm, hočem reči Charles. Načrtovati bomo morali, kako vas pripeljati sem, ali pa lahko pridem k vam. Lahko za nekaj časa ostaneš z Johnom in Paulom in bomo spet v stiku, ko bomo ugotovili, kaj storiti?"

Paul je rekel: „Da, mama pravi, da Charles nima nobenih težav. Lahko ostane z nami, dokler bo želel."

„Pokličem te nazaj," je rekel E-Z.

Telefon je prekinil povezavo.

„Mimogrede," je rekel Sam, "na Ardenovem trdem disku ni bilo nič uporabnega. Razen tega, da je potrdil, da sta bila skupaj na spletu in sta igrala večigralsko strelsko igro."

„Dobro je vedeti," je rekel E-Z, to je že ugotovil sam.

# POGLAVJE 21

## ROSALIE...IN NAČRT...

V NJEGOVI SOBI SO E-Z, Lia in Alfred skupaj s stricem Samom razpravljali o pogovoru, ki so ga imeli.

„Ne morem verjeti, da nas je po telefonu poklical pravi Charles Dickens," je dejal Sam.

„Ja, ampak ne razumem, zakaj je tukaj. In v čem je prišel sem," je dejal E-Z. „Mislim, star je deset let - razmišlja. In njegovo potovalno sredstvo se sliši čudno, zrcalna kvadratna škatla. Kaj za vraga je to?"

„Ne zveni kot vesoljska ladja," je rekel Alfred. "Ne da bi vedeli, kako je videti."

„Počakajte trenutek!" Lia je rekla.

E-Z jo je pogledal. „Ali misliš to, kar mislim jaz?" Prikimala je.

„KAJ?" Alfred je vprašal.

„Se spomniš, ko so nas poklicali nadangeli, da bi nam povedali, da mora eden od nas umreti?" Lia je vprašala.

Alfred in E-Z sta prikimala.

„Pomislite na posodo. Kot da bi se spet vrnila vanj in se spomnila stvari, ki sva jih našla. Papirje, ki sva jih našla?"

„Razumem, na kaj ste naleteli. Misliš na informacije z drugega sveta. O naših življenjih v alternativnih dimenzijah?" E-Z je vprašal.

„Točno tako," je rekla Lia.

Alfred je poskakoval na postelji.

„Kaj?" Sam je vprašal.

E-Z je razložil, kolikor je le mogel.

„Naj vidim, ali sem to prav razumel," je rekel Sam. „Vsi živimo svoja življenja, še kje drugje kot tukaj. Mislim, na Zemlji. Obstajajo tudi druge različice nas samih, ki živijo druga življenja poleg našega. V različnih časih, v različnih prostorih, v različnih dimenzijah."

„Tako je," je rekel E-Z.

„Ali lahko torej spremenimo svoja življenja?" Sam je vprašal. „Mislim, spremeniti izid? Ali lahko preprečimo, da bi se zgodile grozne stvari?"

„Mislim, da ne," je rekla Lia. „Toda ne vem, koliko želijo, da bi vedeli o drugih dimenzijah. Toda glede na to, kar nam je povedal Eriel, smo mi središče. Vse drugo, kar se dogaja, se vrti okoli nas in življenja, ki ga živimo zdaj."

„Torej," je rekel Alfred, "je to, da je Charles Dickens tukaj, povezano z Eriel in drugimi."

„Ja, tudi jaz tako razmišljam," je rekel E-Z. „Toda zakaj zdaj? Poskusi so končani. To je bila njihova odločitev. Še vedno se zdi, da me ne morejo pustiti pri miru."

„Vračamo Charlesa Dickensa. In to njegovo desetletno različico! To se mi ne zdi smiselno," je rekla Lia.

„Morda bo vse skupaj dobilo smisel, ko ga bomo spoznali," je rekel Sam.

„Ne, če je v to vpleten Eriel," je rekel E-Z. „Z njim ni nič jasno."

„Zdi se, da je potovanje v London edini način, da to izvemo," je dejal Sam.

„Zdi se mi, kot da tam nisem bil tako dolgo nazaj."

„Ja, zlahka boš šel. Vse, kar moraš storiti, je, da stol usmeriš v pravo smer, in že greš," je dejal Alfred. „Medtem ko je pri meni zaradi vsega tega mahanja veliko energije in tudi veter je dejavnik."

„Lahko bi skočil na letalo, če bi s teboj šel stric Sam,“ je predlagal E-Z. „Vse, kar bi moral storiti, bi bilo, da bi sedel na sedežu z drugimi potniki in užival v vožnji.“

Alfred je povešal glavo.

„Tega ne govorim zato, da bi se počutil slabo. Samo spomnim te, da smo vsi v istem čolnu.“

„To razumem. In hvala.“

„Dobro, zdaj pa se vrnimo k zadevi,“ je dodal E-Z. Izključil je televizor.

Lia je strmela predse, kot bi bila v transu. „Rosalie!“ je vzkliknila.

„Kdo?“ Alfred je vprašal.

Lia je še naprej strmela v prostor.

„Ali je z njo vse v redu?“ Sam je vprašal. „Komaj diha.“

Lia je vstala. „Nekaj ti moram povedati. Nekoga sem spoznala, ne v živo, ampak v glavi. Je v moji glavi in z njo se pogovarjam že kar nekaj časa. Prosila me je, naj ne povem ničesar - za zdaj. Mislim, da je to morda povezano s celotno zadevo z reinkarnacijo Charlesa Dickensa.“

„Poslušamo,“ je rekel E-Z in se nagnil bližje.

„Ime ji je Rosalie. Živi v domu za starejše občane v Bostonu - in je precej stara. Ima demenco.“

„Ali ni to tista, ki povzroča izgubo spomina?" Alfred je vprašal.

Toda v trenutku, ko je Rosalie slišala, da je Lia omenila njeno ime, se je v mislih in v telesu preselila v sobo E-Z. Lebdela je nad njima in pozorno prisluhnila vsaki izrečeni besedi. Odprla je grlo, da bi preverila, ali jo vidijo ali slišijo - niso je videli ali slišali. Želela si je, da bi s seboj vzela zvezek in pisalo.

**BINGO.**

Oboje ji je prišlo v roke. Nasmehnila se je in se lotila zapisovanja.

„Hočete reči, da se povezujeta - prek ESP?" Alfred je vprašal. „Mislil sem, da sem edini, ki ima ESP?"

„Mislim, da to ni ravno ESP. Ne na enak način, kot ga imaš ti."

„Kako to?" Alfred je vprašal.

„Rosalijinih spominov ni več. V vsakem primeru večina. Ne prepozna niti svoje družine, ko jo pridejo obiskat. Ne obiskujejo je pogosto. To je ne moti, saj jih ne mara. Toda nekako smo se povezali. In vedela je vse o nas in naših močeh. Nekako je skrbela za nas."

„Zakaj nam to pripoveduješ zdaj?" E-Z je vprašal.

„Ker je rekla, da je to v redu. In omenila je tudi Belo sobo. Tam ni bila enkrat, ampak dvakrat. Prvič se je varno vrnila v svojo posteljo - tokrat pa ne. Pravi, da je zdaj tam in da ji ne dovolijo, da bi šla domov."

„Kot oba veva, sem bil v Beli sobi," je rekel. „V njej so nadangeli prvič obljubili in mi rekli, da bom spet lahko s svojimi starši. V bistvu so me tam pripeljali na krov s pomočjo preizkušenj."

Sam je dodal: „Eriel me je nekoč ugrabil v Belo sobo. Bilo je dovolj prijetno, vsaj na začetku - dokler mi ni dovolil oditi."

„Ja," je rekel E-Z, "Eriel je netakten. In to je precej kul kraj. Dobiš vse, kar prosiš, če o tem razmišljaš - tako kot magija. In tam so knjige - knjige s krili. Ampak tu ne želim iti v prevelike podrobnosti - osredotočimo se na Rosalie. Kaj se dogaja zdaj?"

Rosalie se je zasmejala in pomislila, kaj če bi Lia povedala, da je na dveh mestih hkrati? Ne, to bi jih lahko prestrašilo. Z Lio se je pogovarjala v mislih in ob tem povedala nekaj belih laži.

„Pravi, da se pretvarja, da spi. Spominja se dveh pik, zelene in rumene, ki ji plavata pred očmi."

„Hadz in Reiki," je rekel E-Z. „Povej ji, naj se ju ne boji. Oni so dobri fantje."

Ah, je vzdihnila Rosalie. Nato se je zavedla, da je to morda priložnost, na katero je čakala. Da bi Trom povedala o drugih. Skrbno je premislila, nato pa se odločila, da je čas, da z njimi deli, kar je vedela.

„Oh, počakaj, hoče, da ti nekaj povem." Lia je strmela predse, ko ji je med ustnicami stekel Rosalijin glas: „Obstajajo še drugi, kot si ti, videla sem jih. Mislim, da sem zato tukaj."

„Drugi, kot sva midva?" Lia, Alfred in E-Z so vzkliknili.

„Nisem prepričana, koliko naj jim povem o drugih otrocih v tej sobi. Imate kakšen nasvet zame? Kaj naj jim povem? Ali me bodo prizadeli? Če jim povem o drugih otrocih - ali jih bodo prizadeli?" Rosalie je rekla prek Lije.

„V tvojo korist, E-Z," je rekla Lia.

„Najprej poslušaj, kaj imajo povedati," je rekel E-Z. „Povedali ti bodo, kaj že vedo, potem pa se boš lahko odločil, koliko, če sploh kaj, morajo še vedeti."

„Dober nasvet," je rekel Alfred. „Vedno bodi dober poslušalec. Še posebej, če te proti tvoji volji zadržujejo na neznanem kraju."

Lia je ponudila: „Če želite, da ostanemo na liniji - tako rekoč -, bom tukajšnje fante obveščala."

Rosalie je spregovorila in pri tem uporabila Lijina usta kot svoja: „Moram ohraniti vse svoje sposobnosti ... zato bom za zdaj rekla konec in konec. Hvala tebi in druščini za pomoč. Če vas bom potrebovala, ko bom tukaj, bom v stiku z vami. Sicer pa vas bom obvestil, ko se bom spet vrnil domov, kar bo kmalu, saj mi manjka večerja. Danes je puran, pire krompir in grah.“ Zamislila se je. „Oh, in mimogrede, Lia, imaš lepo majico.“

**BINGO.**

„Hvala,“ je rekla Lia in pogledala svojo majico ter se spraševala, kako Rosalie ve, kaj ima na sebi.

„Kaj?“ E-Z je vprašal.

„Nič,“ je rekla Lia.

Spet v Beli sobi. Rosalie je pomislila, da bi bilo bolje, če bi bil njen zvezek v predalu nočne omarice.

**BINGO**

In že jih ni bilo več.

**BINGO**

Prišla je večerja. Imela je vse, kar je bilo okusno, zdaj pa je mislila le na jagodni koktajl.

**BINGO.**

Koktajl je prišel in zraven je bila rezina limonine pite.

Tedaj sta prišla Eriel in Rafael.

„Oh, oh,“ je rekla lestev, ko sta priplavala do nje in bila videti, kot da sta oblečena za noč čarovnic.

„Ali sanjam? Ali mrtva?“ Rosalie je vprašala.

„Niti eno niti drugo," sta odgovorila nadangela.

# POGLAVJE 22
## SREČANJE IN POZDRAV

„Pojdite naprej in dokončajte svoj obrok," je rekel Rafael.

„Da, nimamo ničesar boljšega za početi," je rekel Eriel.

Medtem ko so jo gledali, kako je jedla, je imela Rosalie težave z žvečenjem. Imela je težave z okušanjem. In zdelo se je, da je hladno. Pogledala je na knjižne police, na lestev. Ko je odložila nož in vilice, se ji je zdelo, da ta dva neznanca ne delata nič dobrega.

„Najprej," je začel Eriel, "ta pogovor mora ostati med nama in samo med nama."

V mislih je govorila z Lio. „Ali si tam, otrok? Ali poslušaš?"

„...Izumrtje."

„Žal mi je," je dejala Rosalie, "ampak ali lahko začneš znova, mislim od začetka? Stara sem in izgubila sem občutek, kaj ste mi govorili."

Eriel je zavzdihnil. Kot majhen deček, ki je bil okaran, je razprl krila in odletel. Ko se je približal vrhu knjižnice, je prekrižal roke in čakal. Čakal je, da bo Rafael poskusil.

Raphael se je nagnil k Rosalie.

„Tvoja očala so res lična," je rekla Rosalie. „Toda zaradi njih se mi zdi, da imam malo morsko bolezen, ker v njih pulzira in plava vsa ta kri."

Eriel se je zasmejal.

Rafaela je snela očala in jih pospravila v žepe svoje črne halje.

„Draga moja, Rosalie," se je pridušal Rafael, "prosim, ne oziraj se na nesramnost moje učene prijateljice, ampak tukaj smo v situaciji. V situaciji, v kateri ne potrebujemo le tvoje pomoči, temveč tudi pomoč E-Z, Lia, Alfreda in drugih. Veste, koga imam v mislih, ko omenjam druge, da?"

Rosalie je prikimala in ni rekla ničesar.

„Smo ekipa nadangelov in naše moči so omejene. Stvar, ki se dogaja po vsem svetu, se dogaja z dušami."

„Misliš, ko ljudje umrejo?" Rosalie je vprašala.

„Točno tako."

„Toda ali ni to bolj vaša domena kot naša? Govorila si z Bogom - on te pozna, kajne? In če skušaš popraviti hudo situacijo, zakaj ga ne bi vprašala neposredno?"

Ker Rafael in Eriel nista spregovorila, je Rosalie nadaljevala.

„Po mojem vedenju se telo osebe, ko enkrat umre, pokoplje. Ali pa ga upepelijo. Njihove duše - če obstajajo - živijo na drugem mestu."

Eriel se je v nekaj sekundah znašel pred njo in zarenčal. „To je napačno.

Rafael ga je odrinil. „To je bolj zapleteno, kot si misliš. Preveč zapleteno, da bi ga večina ljudi lahko razumela."

„Ljudje so precej pametni," je dejala Rosalie. „Bili smo na Luni, izumili smo letalo, internet, ogenj. Jaz nisem genij, a ste me pripeljali sem, da bi me prepričali."

Eriel se je spet zasmejal.

Tokrat se Rafael ni mogel zadržati in se je tudi on zasmejal.

In se smejala. In se smejala.

Nobeden od njiju se ni mogel ustaviti.

Rosalie ju je ignorirala. Ignorirala je dogajanje okoli sebe. Lestev se je metala sem in tja, sem in tja. Knjige, ki so izskočile in se spet vrnile. To je bil tak hrup. Tako hrupen. Znova si je želela tišine v svoji sobi.

Ana iz Zelenega griča, je pomislila.

**BINGO.**

Knjiga je bila v njenih rokah. Odprla jo je, našla zaznamek in začela brati. Če so potrebovali njeno pomoč, so se morali zanjo potruditi. Zdaj, ko so užalili njo in celotno človeško raso, jim tega ne bo olajšala.

„Dobro ti gre," je Lia zašepetala v Rosalijinih mislih. „Ti si odgovorna. Jaz sem tukaj z E-Z in Alfredom in ti stojimo za hrbtom."

Rafael in Eriel sta se še vedno smejala. Izven nadzora. V zraku sta se zaletavala drug v drugega kot balona.

Potem se je spomnila, da njena pita z limoninimi meringami še ni bila zaužita. Odložila je knjigo, vanjo potisnila vilice in ugriznila. Bila je popolna. Ne presladka ali preveč trpka, takšna, kot jo je pripravljala njena mama. Vzela je še eno vilico.

Nad njo sta Eriel in Rafael histerizirala.

„Nehaj!" Rosalie je zakričala. „Vi dve sta najbolj nesramni, najbolj neprijetni stvari, kar sem jih kdaj srečala. In v svojem življenju sem spoznala že kar nekaj zelo neprijetnih ljudi.“ Odložila je vilice. „Ali vas niso naučili nobenega vedenja? Kakšnih manir?“ Dvignila je vilice in jih usmerila proti njima.

Eriel se je spustila. V nekaj sekundah se je znašel nad Rosalie z odprtimi usti. Vilico je zabodla v limonino skuto, nato pa jo je z vilico potisnila v arhangelova usta.

„Ewwwwww!“ je zakričal. Izpljunil jo je, kot bi mu dala arzenik.

„Mama me je vedno učila deliti,“ je rekla z nasmeškom.

Erielova bledica se je spremenila iz črne v zeleno. Po bruhanju je izginil skozi steno.

„Mislim, da ni ljubitelj pite?“ Rosalie je rekla.

Lia se je v Rosalijinih mislih smejala.

Rafael je iz žepov halje izvlekel očala, jih očistil in si jih spet namestil na obraz. Usedla se je poleg Rosalie. Bila je tako blizu, da ji je skoraj sedela v naročju.

Uboga Rosalie.

**„VEMO, DA SO ŠE DRUGI, IN VEDETI MORAMO, KDO SO IN KJE SO - ZDAJ!“**

Ko je spregovorila, se je Rafaelov obraz izkrivil do neprepoznavnosti.

Rosalie so se naježili lasje. Njeno telo se je treslo.

„Nesramni ljudje nikoli ne dobijo, kar zahtevajo, in ti, draga moja, si zelo nesramna. Tako kot tvoj prijatelj,“ je zašepetala Rosalie.

Rosalie se je vrnila k sebi, kakršna je bila prej.

Le da se je tokrat nadangelov takt spremenil. In njen glas je bil sirupast, ko je rekla,

„Šla bom skozi ta zid in se pridružila Eriel. Čez pet minut se bova vrnila in začela znova. Potrebujemo tvojo pomoč - prav imaš - in ne prosimo te zanjo tako, kot bi morali.“ Nato ženski v steni: „Nastavi časomer na pet minut.“ Nato nazaj k Rosalie: „Ko se časomer odšteje, se bomo vrnili in začeli znova.“ Kot je obljubil, se je Rafael približal steni in izginil skozi njo.

Ura v steni je glasno tiktakala. Zdelo se je, da ni na svojem mestu. Za knjižnico je bila celo preglasna.

„To je zelo nadležno!“ je rekel lestenec in se približal.

„Žal mi je za ves ta hrup,“ je rekla Rosalie. „S tem, ko sem bila tukaj, sem vam povzročila samo kaos.“

„Všeč si nam,“ je rekla lestev. „Zakaj se ne bi malo premaknili? Tako se boš počutila bolje.“

Rosalie je vstala in pričakovala, da se bo po tako obilnem obroku počutila utrujeno. Namesto tega je bila polna energije. Zlasti njene noge. Počutila se je, kot bi bila spet stara deset let. Izvedla je poskok. Kako zabavno!

„Zdaj pa," je rekla Rosalie, "naslednji trik. Velika babica bo poskusila ne enega, ne dveh, ampak tri zaporedne sklece," - kar je tudi storila. „Hvala, hvala!" se je priklonila in pomahala, kot da bi na olimpijskih igrah osvojila zlato medaljo.

**BRRRIIIING.**

Časomerilec se je iztekel. Prišla sta Eriel in Rafael.

Nadangela sta bila drugače oblečena. Kot da bi šla na dve različni zabavi.

Eriel je nosil temno črtasto obleko, belo srajco in kravato.

Rafael je nosil rdečo obleko, podobno obleki Mumu, ki je v celoti prekrivala njeno telo od vratu do prstov na nogah.

„Zdi se mi, da sem premalo oblečena," je rekla Rosalie.

**BINGO.**

Zdaj je nosila svojo najbolj elegantno obleko. To je bila tista, za katero je napovedala, da jo bo nosila po smrti.

Padla je na stol in z očmi zrla navzgor. Nadangeli so ji priplavali naproti. Njihova krila so se premikala kot metuljeva krila, ko so se ji približali z milino in lepoto. Njene oči so se orosile.

„Kako vam lahko pomagam, dragi?" Rosalie je vprašala.

Zdelo se ji je, da imajo zdaj nad njo moč, ki je ni želela premagati. Padla je na tla in zdaj klečala pred nadangeloma. Rafael se je dotaknil njene desne rame, Eriel pa leve.

„Povejte nam, kar moramo vedeti," sta ji prigovarjala.

„Ostali so se razkropili," je rekla, nato pa se je kot lutka brez vrvic spustila na tla.

„Za to je prestara," je rekel Eriel. „Če umre, nam ne bo koristila."

„Nadaljuj, deluje."

**POP.**

**POP.**

Pojavila sta se Hadz in Reiki, vsak od njiju je zašepetal Rozalijinim ušesom. Pomagala sta ji na noge.

„Pojdita od tu, dva vsiljivca!" Eriel je zakričala z eksplozivnim glasom,

Rosalie se je prebudila iz transa, v katerega sta jo spravila.

„Pustite se!" Rafael je vzkliknil in ni bilo nobenega POP-a, namesto tega se je slišal en sam zvok

**POKLOP.**

Rosalie je položila roke na boke: „Upam, da nista poškodovala teh dveh ljubljenčkov. Pravzaprav, če želiš, da ti pomagam, bi ju moral ZDAJ pripeljati nazaj, da vidim, da je z njima vse v redu. Dokler ju ne pripelješ nazaj, ti ne bom rekla ničesar več." Prestopila je sobo, sedla s hrbtom ob belo steno, zaprla oči in čakala. Čakala je ves dan, ves teden, vse leto. Nikamor se ji ni mudilo, da bi kamor koli prišla ali kar koli naredila.

**POP.**

**POP.**

„Hvala," sta rekla Hadz in Reiki, ko sta sedela na Rosalijinih ramenih.

„To smo pokvarili," je rekel Rafael. Nato Hadži in Reiki: „Veste, v kakšnem položaju je Zemlja, ali nam lahko pomagate doseči pomoč tega človeka?"

Reiki je rekel: „Vemo, da je situacija takšna! Če ne bi odstopili od dogovora z E-Z, Lio in Alfredom, bi bili že na krovu. Rosalie ne zaupa nobenemu od vas."

Hadz je rekel: „In z njo niste bili iskreni."

Hadz je rekel: „Pri ljudeh sta zaupanje in iskrenost vse."

Eriel se je pognala proti njima.

Rafael ga je zadržal, preden je rekla: „Zgodila se je napaka z naše strani, ki ima vzrok in posledico. Poskušamo rešiti Zemljo pred stransko škodo. Edini način, da nam to uspe, je, da pokličemo tiste, ki so jim bile dane moči, nadnaravne, superherojske moči. Brez njih bo človeštvo propadlo - in za to bomo krivi mi.“

Rosalie je vstala. Pogledala je na dve majhni bitji, ki sta ji sedeli na ramenih. „Ali jima lahko zaupam?“

„Rafael je vreden zaupanja,“ je rekel Hadz.

„Ampak nisva prepričana o njem,“ je rekel Reiki.

**POP.**

**POP.**

Oba sta izginila v strahu, da ju bo Eriel poslal nazaj v rudnike.

Eriel se je dvigal, vse višje in višje, nato pa izginil skozi strop.

Rosalie je spremenila temo. „Medtem ko razmišljam o tem, mi lahko razložiš, kaj je to mesto? Imenujem ga Bela soba, toda ali je to pravo ime - in zakaj se mi vedno, ko si nekaj zaželim, to pojavi? Morda se imenuje Čarobna soba?“ V tistem trenutku je Rosalie pomislila na E-Z, angela/dečka na invalidskem vozičku.

**ACK.**

E-Z je prišel.

„Whoa!" je rekel, ko je ugotovil, da se je pridružil Rosalie v Beli sobi. Pomislil je na svoja sončna očala in

**PRESTO**

Bila so na njegovem obrazu. Sprehodil se je po sobi in znova začutil svoje noge in tla. Nato je iztegnil roko in rekel: „Ti si zagotovo Rosalie."

„In ti moraš biti E-Z," je rekla, "brez invalidskega vozička. Ta kraj je res čaroben!"

„Pozdravljen, Rafael."

„Dobrodošel, E-Z," je rekel Rafael. Nato Rosalie: „Toliko o diskretnosti - to naj bi bilo zaupno."

„Ne glede na to, kaj ti je obljubila, jih bo prelomila. Pri držanju besede je neuporabna - Eriel je še slabši, prav tako Ophaniel -, pa je še nisi niti spoznal. Kljub temu ti sporočam, da so vsi lažnivci."

„To sem ugotovila," je priznala Rosalie. „In ko je odšel, se Eriel obnaša kot razvajen otrok."

„To bi rada videla," je rekel E-Z. "To bi rada videla. „Sliši se zelo ne-Erielovsko, ampak človek, to bi bilo super videti."

„Dovolj je teh prisrčnosti," je rekel Rafael. „Mislim, da mi ne preostane drugega, kot da tudi vam razložim situacijo." Dupnila je z nogami in krila ji je mrmrajoče spustila ob strani. Obrnila se je proti E-Z in Rosalie. „Svet je treba rešiti zaradi naše napake. Ali nam želite vi in drugi pomagati popraviti situacijo - torej rešiti Zemljo - ali ne?"

Rosalie in E-Z sta si izmenjala poglede.

„Ti pojdi naprej," je rekla. „Strinjam se s kakršno koli vašo odločitvijo."

E-Z ni takoj odgovoril.

„Če mi vse poveš, bom to posredovala ostalim in glasovali bomo. Smo demokratična skupina."

„Koliko časa bo to trajalo?" Rafael se je posmehnil. „In kako se boš vrnil k meni? Ali naj morda Rosalijo obdržim tukaj kot ujetnico, dokler tega ne ugotoviš? Ali bo štiriindvajset ur dovolj časa?"

Rosalie je rekla: „Ne moti me, da ostanem v tej sobi. Tu je veliko knjig za branje in lahko si naročim, kar hočem. To je veliko bolj zanimivo in vznemirljivo kot biti v domu."

E-Z je prikimal. Rosalie je rekel: „Hvala in prav imaš, ta soba je prav posebna. Tu boš na varnem." Nato Rafaelu: „Rosalie ne bo tvoja ujetnica, pravzaprav bo tvoja gostja." S police je priletela knjiga in pristala v njegovi roki. To je bila knjiga Harry Potter in Dvorana skrivnosti.

„To bi rada prebrala," je rekla Rosalie. Knjiga je zapustila E-Z-ovo roko in poletela proti Rosalie. Ta jo je ujela, odprla in takoj začela brati.

„Rosalie bo naša gostja," je rekel Rafael. „Torej štiriindvajset ur?"

„Štiriindvajset ur," se je strinjal E-Z.

„Počakaj!" je zakričal glas. Glas brez telesa. Glas, ki je odmeval in odmeval. Dokler se s police nad njim ni premaknila knjiga. Padala je proti tlom, dokler se ji niso razprla krila in jo rešila, da si ne bi zlomila hrbta.

Rafael je bil presenečen nad glasom. Poskušala se je umakniti, vendar jo je nekaj zadržalo.

Rosalie in E-Z sta čakala in poslušala.

„Rafael vam ni povedal vsega," je rekel gromki glas.

Zdelo se je, kot da z vsakim zlogom vibrira zrak, vendar na dober, prijazen in nežen način, ne na strašljiv način konca sveta.

„Povej nam," je rekel E-Z.

„Nekoliko bolj tiho," je predlagala Rosalie. „Sem stara, a ne gluha, saj veste!"

„Oprostite," je rekel glas. Odprl je grlo. Nato je zašepetal: „E-Z Dickens, ali se spomnite izbir, ki smo vam jih dali? Dve izbiri?"

E-Z se jih je dobro spomnil. Ena je bila, da za vedno ostane v silosu. Spomini na njegovo družino so se vrteli v zanki. Druga možnost je bila, da se vrne k življenju s stricem Samom.

„Da."

„Povej mi, česa se spomniš o izbiri?" je vprašal glas.

„Rekli so, da lahko ostanem v zabojniku in v zanki podoživljam spomine na svojo družino ali pa se vrnem v svoje življenje s stricem Samom."

„In lovilec duš? Kaj je z njim?"

„Nič," je E.Z. skomignil z rameni.

Glas je zavpil - kot da bi mu govorjenje zdaj povzročalo bolečino. Police so se tresle in stvari so naključno v zraku poskakovale. Najprej se je pojavila velikanska kumara. Zeleni predmet se je vrtel v smeri urinega kazalca, nato v nasprotni smeri, nato pa je izginil.

Nato se je nad njimi pojavila zrcalna krogla. Med vrtenjem je spreminjala barve. Ko se je začela vrteti prehitro, so se bali, da bo padla nanje. Umaknili so se, a preden jim je to uspelo, je krogla izginila.

Nato se je pojavila glava klovna. Plavala je pred njimi in rekla: „Kaj je črno-belo, črno-belo, črno-belo, črno-belo, črno-belo in črno-belo."

„Dovolj!" je zagrmel glas.

„Žal mi je," je rekel Rafael.

„Moral bi biti!" se je zdrznil prvi glas. Nato je tišje, bolj nežno, mehko rekel: „E-Z in njegova ekipa morajo vedeti o Lovcih duš - vse. Drugače ne bodo razumeli zapletenosti preboja."

Glas se je za nekaj sekund ustavil, nato pa nadaljeval: „Lovilec duš lovi duše, ko človeško telo umre. To je neskončno počivališče. Vsi ljudje in vsa bitja imajo posode, v katere lahko gredo. Stvar, ki ste ji rekli silos, je lovilec duš. To je počivališče za vse večne čase."

„Dobro," je rekel E-Z. „Kaj ima to opraviti s koncem sveta?"

„Hočem videti svoj lovilec duš," je rekla Rosalie.

„Če ti in tvoji prijatelji ne boste nekaj storili, nihče ne bo imel lovilca duš. Ko tvoje telo umre, boš umrl. To je to. Konec. Tvoja duša in duše vseh drugih ne bodo imele kam iti, in ko duša nima kam iti, potem nima nobenega namena. Nobenega razloga ni več, da bi obstajala. In brez duše so ljudje le mesene obleke."

„Počakajte trenutek," je rekel E-Z. „Ali pravite, da je oseba, ki je odgovorna za lovilce duš. Kakorkoli jih že imenujete - izvršni direktor, predsednik, razumete bistvo. Ali pravite, da je bila kompromitirana?"

Rafaela je odprla usta, da bi odgovorila, vendar E-Z še ni končal.

„Kako sploh deluje ta stvar z lovilci duš? Večkrat so me poklicali v svoj, pa nisem niti SMRTNA. Ali praviš, da me lahko ti, karkoli že so, zdaj po mili volji spravijo v lovilec duš?" „In kaj veš o Charlesu Dickensu? Prišel je v zrcalni posodi, torej ne v lovilcu duš. Kako je njegova duša prišla z enega mesta na drugo? Ali je njegovo vstajenje odvisno od vas nadangelov?"

Rafael je počakal, da bi videl, ali ima še kakšno vprašanje.

Imel je.

„Kaj pa moja najboljša prijatelja PJ in Arden? Kako se vklapljata vanj? Oba sta v komi. Želim ju vrniti nazaj. Ali jima boš s tem pomagal?"

Glas v steni se je oglasil.

„Nihče ne vodi lovilcev duš. To ni podjetje, ki bi bilo ustanovljeno zaradi dobička. Ko nekdo umre, se njegova duša ujame in živi v dodeljenem Lovilcu duš."

„Ne razumem," je rekel E-Z. Potem pa: „Čakajte trenutek, ali je nekdo ali nekaj ukradlo lovilce duš? In če je odgovor pritrdilen, potem bom vsekakor potreboval več informacij o tem, kdo so, preden se vmešamo. Če jih vi nadangeli ne morete premagati, kako potem pričakujete, da jih bomo mi?"

Glas v steni je Rafaelu rekel: „No, Eriel se je motil, ko je rekel, da je ta fant debel kot opeka. Dobil jo je z enim samim zamahom. Dobro delo, E-Z."

„Hvala, mislim," je rekel. „Kaj točno sem imel prav?"

Glas je nadaljeval. „Tri boginje so res ugrabile lovilce duš."

E-Z je odprl usta, da bi spregovoril, a preden mu je to uspelo, je glas ponovno spregovoril.

„Charles Dickens ni prišel v lovilcu duš, kot ste sumili. Krvni sorodniki imajo moč nad časom in prostorom. Priklicali ste ga. Prišel je, da bi vam pomagal."

„Nisem ga poklical!" E-Z je rekel.

„Pa vendar se je vrnil, poznal je tvoje ime in ti želel pomagati, je tako?"

E-Z je prikimal.

„In na tvoje zadnje vprašanje: da, življenja tvojih prijateljev so ogrožena zaradi treh boginj."

„Boginje?" E-Z je ponovil. „Kot v grški mitologiji? So resnične? Mislil sem, da so vse te zgodbe izmišljene."

„Temeljijo na zgodovinskih dejstvih," je dejal Rafael.

„Ne moremo se boriti proti ekipi mitoloških boginj!" E-Z je vzkliknil. „Smo otroci."

„Tveganje je veliko večje, če tega ne storite, saj nimamo nikogar drugega, ki bi ga lahko prosili za pomoč. Ni Batmana, ni Spidermana, ni resničnih superjunakov. Edini junaki ste vi, otroci, ali lahko? Boste pomagali? Vemo, kako, da bi rešili ta problem, potrebujemo telesa, ljudi na terenu. Ljudje z močmi lahko zmagajo. To lahko premagate. Te stvari. Po eni strani jih lahko vidite. Mi ne moremo," je dejal Rafael.

„Vem, da potrebujete pomoč, vendar ne vidim, kako bi lahko rešili dan - ne proti mogočnim boginjam. Da, imamo moči, toda proti čemu se pravzaprav borimo? Kaj se bo od nas pričakovalo? Kakšne so nevarnosti za nas? Mislim, vi ste že mrtvi - mi pa ne. Če pomagamo - kakšna so tveganja?"

Obotavljal se je, in ko nihče ni ničesar rekel, je nadaljeval.

„Če se strinjamo, ali lahko zaščitite mojega strica Sama, njegovo ženo Samantho in dojenčke? Ali lahko zagotovite, da PJ in Arden ne bosta pristala mrtva v lovilcih duš? In kaj je v tem za nas? Navsezadnje bi tvegali svoja življenja. Niste ljudje, zato nimate česa izgubiti!"

Rosalie se je vmešala: „E-Z, ne vidim, da imaš izbiro. Prav imaš, tveganje bo obstajalo, jaz pa še nisem mrtva - vendar sem stara -, zato tveganje zame ni tako veliko. Poleg tega mi je všeč misel, da me bo ob koncu mojega življenja čakal lovilec duš."

E-Z je prikimal. „To razumem. Misel, da moji starši plavajo naokoli. Sami. Brez doma. Brez lovilca duš. No, meni je zaradi tega slabo. Tako me jezi, da bi najraje pljunil. Ampak še vedno se moram pogovoriti z drugimi," je ponovil E-Z in prekrižal noge. Tako dobro se je počutil, ko je lahko počel preproste stvari, kot je prekrižanje nog.

Iz tebe postaja pravi govornik, mu je v mislih rekla Lia.

„Hvala," je odgovoril.

„Tako kot takrat," je rekel glas. „Štiriindvajset ur. V tem času bo Rosalie ostala tukaj z nami."

„Kot vaša gostja," je poudaril E-Z.

„Vse bo v redu," je rekla Rosalie. „In v stiku bom ostala tako, da se bom pogovarjala z Lio. Z Lio se rada pogovarjava."

Prikimal je. Z Lio, prek Lije. E-Z ni bil prepričan, kaj sta vedela in česa ne - vendar jima ni nameraval dati ničesar, česar še nista imela.

„Kmalu se vidimo," je rekel in pomahal v slovo.

Nato se je spet vrnil na invalidski voziček. Bil je iz oči v oči s svojimi prijatelji. Toda kako jim je lahko povedal? Kako bi jim lahko razložil?

Na koncu se je odločil, da bo najbolje, če bo vse skupaj razkril. In to je tudi storil.

# POGLAVJE 23

## SPREMEMBE

ČEPRAV E-Z-JEVA NOVICA NI bila to, kar sta pričakovala, sta imela Alfred in Lia veliko za povedati.

„Imata kar nekaj drznosti!" Alfred je vzkliknil. „Po tem, kar so nam storili. Mislim, da so obljubljali, potem pa se odpovedali in spremenili načrt igre. Jaz osebno ne zaupam nobenemu od njih, kolikor daleč jih morem vreči."

„To je veliko in vključuje naše ljubljene, ki so umrli," je dejal E-Z.

„Kako to?" Sam je vprašal.

„Ne poznam podrobnosti. Vem le, da gre za tri zlobne boginje, katerih načrt je, da bi ugrabile in nadzorovale vse lovilce duš."

„To je noro!" Lia je dejala. „Zakaj bi jih hotele? Zakaj bi se tako trudili? Kaj imajo od tega?"

„Počakajte," je rekel E-Z. „Povedal ti bom vse, kar so mi povedali. Imejte v mislih, da tudi oni ne vedo z gotovostjo.

„Kakorkoli že, gre za to. So mitološke boginje, ki so jih vrnili nazaj. Njihov cilj je nadzorovati Lovilce duš - na kakršen koli način.

„In način, ki so si ga izbrale, je ubijanje ljudi. Ljudi, ki jim ni bilo namenjeno umreti! Nato jih spravijo v lovilce duš, ki so jih ugrabili. Od ljudi, ki jih potrebujejo. Tako njihove duše nimajo kam iti."

„Še vedno ne razumem," je rekla Lia.

„Pomisli na to. Lia, ti, Alfred in jaz smo že bili v lovilcih duš. Le redki lahko pridejo tja, preden so mrtvi. Kdo bi si to želel?"

„Strinjam se," je rekel Alfred.

„Prav tako," je dejala Lia.

„Kaj pa, če ti zdaj povem, da je tvoj Lovilec duš napolnil nekdo drug - in zato ni več tvoj?"

„Ljudje sploh ne poznajo lovilcev duš!" Alfred je vzkliknil. „Večina misli, da gredo njihove duše v nebesa (ali pa, če so slabe, v toplice.) Če bi vedeli, bi se zaradi tega razburili. Ampak ne vedo."

„Ja, ne moreš zamuditi nečesa, o čemer ne veš ničesar," je dejal Sam. „Prav tako se ne moreš boriti za nekaj, o čemer ne veš."

„Rekli so mi, da bi lahko duše mojih staršev zdaj lebdele naokoli, brez doma. To me je močno prizadelo."

„Prav zato so ti to povedali!" Sam je rekel. „To je odkrita manipulacija."

„Ne, to je čustveno izsiljevanje," je rekel Alfred. „Ampak razumem, zakaj sta to rekla. Če bi mi isto povedali o moji družini, bi se želel vključiti. Rad bi se boril proti tem boginjam. Če bi bil vročekrvnež, bi takoj ukrepal na podlagi svojih čustev. Toda tu moramo biti logični. Ohraniti moramo trezno glavo."

„Kdo so sploh te boginje? Kaj vemo o njih?" Lia je vprašala.

„In ali smo prepričani, da so nadangeli na pravi strani?" Sam je vprašal.

„Rekli so, da je napaka na njihovi strani povzročila, da se je to celo zgodilo - vendar mi niso natančno povedali, kako se je to zgodilo in zakaj. In niso bili razpoloženi, da bi jih silili k informacijam - več, kot sem jih že lahko dobil od njih. Poleg tega imajo Rosalie in naš čas za odločitev se izteka."

„Točno tako," je rekla Lia. „In vendar, kako naj se odločimo, če sploh ne vemo, proti čemu smo? Vedo, da smo otroci. Da, vsak od nas ima edinstvene moči - toda ali so dovolj? Če nadangeli sami ne morejo obvladati te situacije ... zakaj vedo, da bomo to zmogli mi?"

„Tega ne morem reči. Pritiskal sem nanje, naj mi povedo več. Če ne bi bilo glasu v steni - ne bi mi povedali toliko, kot sem izvedel."

„Kako si drznejo skrivati informacije pred nami!" Alfred je vzkliknil.

„Pojasnil sem, kar vem. So trije. So boginje - mitološka bitja, za katera sem mislil, da niso resnična."

„Na spletu lahko izvemo vse, kar moramo vedeti, da bi se oborožili proti njim," je dejal Sam. „Vendar bo trajalo nekaj časa." Zamislil se je. „Mislim pa, da pri iskanju informacij o lovcih duš ne bomo imeli veliko sreče."

„Poskušal sem že in nisem našel ničesar."

„Kdaj ste prvič slišali zanje?" Sam je vprašal.

„Glas v steni je namignil, da so mi o njih že povedali, vendar vsakič, ko se skušam spomniti, kot da bi mi informacije blokiral zid."

„Uau! Meni se dogaja popolnoma enako," je dejala Lia. „To je tako čudno."

E-Z je pogledal na uro na svojem telefonu. „No, dal sem vam veliko za razmisliti. Do jutra imamo čas, da sprejmemo trdno odločitev ... vendar mislim, da nimamo druge izbire, kot da se strinjamo, da jim pomagamo. Če tega ne bomo storili, kdo potem?"

„Tudi jaz sem razmišljal o tem," je rekel Alfred. „Toda še vedno mi ni všeč, kako so se tega lotili."

„Tudi meni," je rekla Lia. „Odhajam v posteljo. Noč vsem. Se vidimo zjutraj." Za seboj je zaprla vrata.

„Potrebuješ kaj?" Sam je vprašal.

„Ne, vse je v redu. Lahko noč, stric Sam."

„Noč E-Z. Moram ti povedati, kako ponosen sem nate in kako ponosni bi bili tvoji starši."

„Hvala."

„In lahko noč, Alfred," je rekel Sam, ko je odprl vrata.

„Lahko noč," je rekel Alfred, nato pa se je namestil z glavo pod krilom in zaspal.

E-Z, ki ni mogel zaspati, je z rokami za glavo strmel v strop. Naredil je nekaj trebušnjakov, nato pa se je obrnil na bok v upanju, da bo zaspal. Namesto tega je zagledal dve luči, zeleno in rumeno, ki sta plavali proti njemu.

„Si buden?" Hadz ga je vprašal.

„Ne," je z nasmeškom odgovoril E-Z in se usedel.

„Ne smemo se pogovarjati s teboj," je rekel Reiki, "vendar se moramo pogovarjati s teboj, zato moraš uganiti, česa ti ne smemo povedati."

„Ugibati? Resno? Ali mi lahko namignete ... veste, vsaj malo zožite področje?"

Angelca, ki sta želela biti angela, sta šepetala drug drugemu. Videti je bilo, da se ne strinjata, saj je Hadz poletel na eno stran sobe, Reiki pa na drugo.

„K, grem spat. Ko boš to ugotovil, mi lahko zjutraj poveš."

Hadz je prikimal, nato pa se je zbudil. Sedel je v svojem stolu in se vzpenjal po nebu. Pripel se je z varnostnim pasom. „Kaj pa?"

„Odločili smo se, ker ti nismo mogli zožiti področja. Ali vam povedati, kar morate vedeti. Da bi se lahko informirano odločili ... da vam bomo namesto tega pokazali. Zato nam sledite."

Ko so se oblaki pomikali mimo in mu je čist, a hladen nočni zrak napolnil pljuča, se je E-Z počutil bolj živega, kot se je počutil že nekaj časa. Na neki način je pogrešal, da bi ga poklicali na preizkušnje, da bi pomagal in reševal ljudi, ki so se znašli v težavah.

Odkar je prenehal sodelovati z Erielom, se ni počutil kot superjunak. Res je, rešil je mačko, ki je obtičala na drevesu. In preprečil je, da bi bejzbolska žogica razbila dragoceno cerkveno vitražno okno.

Toda večino svojega vsakdanjega življenja je razmišljal o prihodnosti. Načrtoval je, da bo srednjo šolo končal v najboljšem položaju za pridobitev štipendije. Na najboljši kolidž ali univerzo, ki jo je lahko dobil.

Stric Sam in Samantha sta načrtovala prihod novega otroka. Skrivnost, ali bo otrok deček ali deklica, sta držala v tajnosti, v novo otrokovo sobo pa ni smel vstopiti nihče. E-Z se je zdelo čudno, da je star petnajst let in da bo kmalu postal stric, vendar se je tega veselil.

Lia pa se je v šoli dobro znašla in se vklopila, čeprav je v razmeroma kratkem času s sedmih let v dveh skokih prešla na dvanajst. Vse, kar jo je staralo, se je očitno ustavilo in zdaj se je zdelo, da je zaljubljena v PJ-ja. Vsekakor je odraščala in nasmehnil se je, ko je pomislil, kako oblastna je postala. To ga je spominjalo na enorogico Dorrit. Niso je videli že od preizkušenj. Morda so jo nadangeli poslali, da bi pomagala Lia, ko so bili vsi povezani. Potem je prišel še njegov bratranec Charles Dickens. PJ in Arden pa sta obtičala v komi - in nihče ni vedel, kako ju spraviti iz nje. Alfred se je ukvarjal z delom okoli hiše. Od njegovega prihoda stricu Samu ni bilo treba tako pogosto kositi trave.

Spet se je spomnil na dve preizkušnji, v katerih je našel podobnosti. Tisto z dekletom, oblečenim v lik igralca več iger. Drugi s fantom, ki so mu rekli, naj ubije E-Z, da bi rešil življenje svoje družine. Bili so povezani. Eriel je imel prav. Moral je le ugotoviti, kaj točno to pomeni.

„Smo že skoraj tam?" je vprašal in opazil, kako hladno je postalo. Hitro so se premikali in se bližali narodnemu parku Dolina smrti v puščavi Mojave. Bil je december, eden najhladnejših mesecev v letu za puščavo ponoči, in želel si je, da bi s seboj vzel kapuco. Bilo je tako temno, da so bile zvezde videti milijonkrat svetlejše. Kot oči na nebu, med katerimi je bilo komaj za prst prostora, vsaj tako se je zdelo.

Angeli na usposabljanju se niso odzvali. Spustila sta se za nekaj metrov, nato pa s polno hitrostjo letela naprej.

„Super!" je rekel. „Sporočite mi, kdaj bomo pristali. Resnično si želim, da bi imel potovalnega agenta, ki bi mi povedal, kaj vidim."

„Uporabi telefon," sta šepnila Lia in Alfred. Nato sta utihnila.

Poletela sta naprej, nad kotlino Badwater, najnižjo točko v Severni Ameriki. Tako se je imenovala, ker je voda slaba - torej nepitna zaradi presežka soli. Toda na tem območju lahko uspevajo nekatere divje živali in rastline, na primer kislica, žuželke in polži.

Poglobila sta se v Dolino smrti, medtem ko je E-Z opazoval teren in poskušal ne misliti na to, kako žejen je.

„Smo že tam?" je znova vprašal, ko mu je nad glavo priletela črna ptica in spustila kup kakcev, preden je nadaljevala pot. „Dobrodošli v Dolini smrti," je rekel in ga obrisal s hrbtno stranjo rokava. Pohitel je naprej, da bi dohitel Hadza in Reikija.

# POGLAVJE 24

## DOLINA SMRTI, ZDRUŽENE DRŽAVE AMERIKE

Vstani!" Hadz in Reiki sta rekla. „Skoraj smo v Rhyolitu.“

Pognal se je naprej in ju dohitel. „In kaj točno je v Rhyolitu?“

„Nekaj o ozadju,“ je rekel Hadz. „Razen če ste že slišali zanj?“

E-Z je zmajal z glavo. O Velikem kanjonu se je učil v šoli, predvsem o tem, kako je nastal.

Hadz je nadaljeval: „Rhyolite je bil nekoč cvetoče mesto v času zlate mrzlice leta 1904. Vendar ni trajalo dolgo, leta 1924 je umrl njegov zadnji prebivalec in mesto se je spremenilo v mesto duhov.“

„Kaj pomeni beseda Rhyolite?“

Reiki je odgovoril: „To je kisla vulkanska kamnina - lavasta oblika granita. Poimenoval jo je geolog Ferdinand von Richthofen leta 1860. Izvira iz grščine, iz besede rhyax, ki pomeni tok lave.“

„Torej je bilo mesto v veliki zlati mrzlici in so ga poimenovali po vulkanski kamnini?“ Zamislil se je. „Mislim, da se spomnim nečesa iz pouka o vulkanskem delovanju.“

„Tako je,“ je rekel Hadz. „Iz časa pred dvema milijonoma let.“

„Torej, ta učna ura je zanimiva in sploh - vendar še vedno ne vem, zakaj smo se odpravili v Rhyolite.“

Reiki je odvrnil: „Ker je to sedež odpadnikov.“

„Tistih, ki se borijo za nadzor nad lovilci duš.“

„Kdo točno so in kako jih lahko ustavimo? Z mi - mislim na nas, Trije. Ker Eriel in Rafael držita Rosalie in mimogrede, čas se izteka. Dala sta nam le štiriindvajset ur, da se vrnemo k njima.“

„Ššš,“ je rekel Hadz. „Imata izreden sluh in veter lahko v šepetu ponese naše glasove nazaj do njiju. Od zdaj naprej se bomo pogovarjali samo z mislimi.“

E-Z je z mislimi vprašal: „Kaj se bo zgodilo, če bodo vedeli, da smo tukaj? Mislim, ali nas ne bodo mogli videti?“

„Hadz in jaz nisva človeka, zato sva izven njihovega radarja. Vi pa niste, zato smo vas zaščitili."

„Super! Okoli mene je nevidni zaščitni ščit - to je zame koristen podatek."

V daljavi je videl Črne gore. „Stavim, da ko sonce zažge te gore, lahko na njih spečeš jajce." „Kaj pa tista ptica, ki me je pokadila? Ali so jo morda zlobneži poslali, da bi nas poiskala?"

Hadz in Reiki sta zmajala z glavo. „Videla sva ptico. To je bil krokar - znan kot prenašalec nebesnih sporočil."

„Okej, pravično. Nisem mislil, da je videti kot krokar. Povej mi, kaj je tisto, kar je povzdignilo lovilce duš, in kaj bomo morali storiti, da jih premagamo." „In kaj ima to opraviti z reinkarnacijo Charlesa Dickensa kot mladega fanta?" je okleval. Spet se je obotavljal. „Ali bo Lia dobila prevoz? Ali se bo enorožec Little Dorrit vrnil, če/ko se bomo strinjali, da vam pomagamo?" To je bilo veliko govorjenja. Bil je žejen in želel si je, da bi s seboj prinesel steklenico vode.

**POP.**

Ena se je pojavila. Popil jo je, potem ko se je nikomur zahvalil.

Reiki je vprašal: „Si že kdaj slišal za Erinyes?"

E-Z je zmajal z glavo.

„Znane tudi kot Furije,“ je rekel Hadz.

„Nimam pojma, kaj so… ampak imam nejasen spomin na nekaj iz kakšne igre, morda?“

„Znane so pod skupnim imenom boginje maščevanja.“

„Povej mi več. Nad kom se maščujejo?“

„Na celotni človeški rasi!“ Hadz je odvrnil.

„O tem smo se s prijatelji že prej pogovarjali. Večina ljudi ne ve za lovilce duš. Večina verjame, da imamo duše. Duše, ki gredo bodisi v nebesa bodisi v pekel - odvisno od odločitev, ki jih sprejmemo v življenju.“

„Da, tega se zavedamo,“ je rekel Hadz.

„Potem mi povejte,“ je prosil E-Z. „Kje je v vsem tem Bog? Bog ali Jezus, Alah, Buda … kakor koli ga že poznate. Kje je?“

Hadz in Reiki sta gledala predse, ne da bi odgovorila.

„Dobro, razumem, da ne morete odgovoriti na to vprašanje. Namesto tega mi odgovorite na to. Zakaj boginje kaznujejo ljudi s pomočjo nečesa, česar se sploh ne zavedajo? Razumem, da so zlobne, vendar se to vseeno sliši smešno.“

„Otroci,“ je rekel Hadz.

„Kaznujejo nekaznovane. Ampak…“

„Ah, čakal sem na ampak … Nadaljuj.“

„Furije zlorabljajo svojo moč. Presegajo meje. Njihov cilj so nedolžni. Nedolžne otroke, ki se igrajo igro.“

„Čakaj, hočeš reči, da so otroci, ki igrajo igre, kaznovani zaradi stvari, ki jih naredijo v igri? Toda igra ni resnična! Kako naj bodo v resničnem življenju kaznovani za nekaj, kar ni resnično?“

„To vem in to veš tudi ti, toda za Furije je vse enako. Če v igri nekoga ubiješ, greš skozi enak miselni proces kot morilec. Vključuje načrtovanje, z namero, da ubiješ, in nato to tudi izpelješ. V nekaterih primerih gre za množične umore. In da, gre za nedolžne osebe, od katerih se zahteva, da storijo te stvari, da bi napredovale v igri. Za Furije so otroci nekaznovani in so poštena igra, ko so v igri.“

„Počakajte trenutek!“ E-Z je vzkliknil. „Kaj točno pravite? Mislim, da razumem bistvo, kako se Lovilci duš vklapljajo v dogajanje, toda zamisel je tako zlobna ... da nočem niti pomisliti, kaj šele izreči.“

„Furije se maščujejo igralcem iger. Tiste, ki so grešili v svojih srcih,“ je dejal Reiki. „Ni jim namenjeno umreti! Njihovi lovilci duš niso pripravljeni sprejeti njihovih duš, zato ...“

„Nimajo kam iti,“ je rekel Hadz.

„In Furije jih zbirajo tukaj, tako da ustvarjajo svoje pleme Duš. Duše otrok hranijo v ukradenih lovilcih duš.“

„To ustvarja kaos,“ je dejal Hadz.

„Zato morate otroci pomagati.“

„Počakajte trenutek!“ E-Z je rekel. „Čakajte, k vragu!“

# POGLAVJE 25

## ŠTIRI OČI

„OH, OH," JE ZAKRIČAL Hadz, saj se je po nebu hitro pomikal temen oblak in se usmeril v njihovo smer.

„Ne morejo prodreti skozi zaščitni ščit!" Reiki je vzkliknil.

E-Z je pogledal čez ramo. Zagledal je nekaj črnega, kar ni bil oblak. Bilo je namreč podobno kači. Z viličastim jezikom, ki je oblizoval zrak. Namesto dveh oči je imelo številne oči. Preveč, da bi jih lahko prešteli. Iz vsakega je kapljala kri. Krv in rumeni gnoj, iz katerega se je kadilo.

Jezik se je premikal z desne na levo. Izdajal je bičast zvok, medtem ko so se njegove čeljusti odpirale in zapirale. Iz njenega grla pa je prihajal žuboreč zvok, ki se je spreminjal med piskanjem in brenčanjem.

Z vetrom v ozadju je zrak napolnil nadvse gnusen smrad, ki je kmalu dosegel nosnice E-Z, Hadza in Reikija.

Vonj je bil zelo neprijeten. Hujši od žvepla. Ali gnila jajca. Bolj odvraten kot septična tekočina in gnijoča trupla skupaj.

Trojica se je premaknila višje, tako da so lahko videli za grebenom, ki ga prej niso opazili. Za njim so bile srebrne posode. Lovilci duš. Do koder je segalo oko.

„Toliko jih je! Ali so vse te posode napolnjene z otroki? Oh, ne!" E-Z je rekel z nosnim tonom, saj si je še vedno zamašil nos. Čeprav je še vedno čutil smrad.

**PTOOEY.**

Izognila sta se curku rumenega gnoja.

„Kaj za vraga je to?" E-Z je vzkliknil.

Pod njim je bilo videti velikansko očesno zrklo. Bilo je zaprto. Prikrito.

**PTOOEY. PTOOEY. PTOOEY.**

„O, ne!" E-Z je vzkliknil. „Očesne bučke!"

Izstrelil je proti njim in izstrelil svojo vročo, lepljivo tekočino.

„Držite se!" Hadz in Reiki sta zakričala.

Vsak od njiju je prijel za eno od E-Z-jevih ušes.

„Ahhhhhh!" je zavpil.

**PTOOEY.**

E-Z se je izognil temu uhančku, vendar se je skoraj dotaknil njegovega invalidskega vozička.

**FIZZLE.**

**POP.**

**POP.**

E-Z je bil spet v svoji postelji. Po čelu so mu kapljale kapljice znoja.

Medtem je Alfred še naprej smrčal na koncu postelje.

„To je bilo malce preblizu!" E-Z je rekel. „So prodrli skozi zaščitni ščit? So nas videli? Ali vedo, kdo sem in kje živim?"

„Ne, odšli smo, preden so se prebili skozi," je rekel Reiki.

„Mogoče je to neumno vprašanje, ampak zakaj naju niste preprosto POP vnesli in odnesli od tam. Namesto da bi si vzeli čas za letenje vse do tja - in s tem ogrozili naša življenja?"

„Morali smo vam POKAZATI."

„Pred bitko... Kako ji pravite..."

„Misliš izvidništvo?" E-Z je vprašal.

„Da, to je prav. Morali smo vam pokazati. Morali ste jo videti, na lastne oči. Vse. Proti čemu se spopadate," je dejal Hadz.

„Menili smo, da bo to, kar se boste naučili, vredno tveganja."

„Mislim, da bo pokazal čas," je rekel E-Z.

„Oprostite, če smo šli predaleč," je rekel Hadz.

„V resnici smo imeli v mislih tvoje najboljše interese."

„Vem, da ste imeli. In vesela sem, da sem videla Lovce duš. Koliko jih je bilo - to me je res šokiralo."

„Da, tudi nas je šokiralo. In lahko ste prepričani, da je šokiralo tudi nadangele. Ko so jih prvič videli."

„Tega ne bi smel reči," je rekel Reiki.

**POP.**

Hadz je izginil.

„Oh, zdaj je v redu," je rekel E-Z.

„Ni važno."

„Še vedno ne morem ugotoviti, kaj imajo Furije od tega? Kakšen je njihov cilj? Je kdo to že ugotovil?"

„Vsak dan dodajajo več. Vedno več otrok, ki se igrajo igre in jih vlečejo v svojo mrežo."

„Toda zakaj se javnost ne oglasi? Ali ne bi smeli obvestiti svetovnih voditeljev, predsednikov, ministrskih predsednikov? Ali ne bi lahko kaj storili?"

„Razmislite, kaj bi storili najprej? Poslali bi vojsko. Umrlo bi še več ljudi. Še več lovcev duš, ki so bili potrebni pred svojim časom.

„Igralništvo je po tem, kar smo opazili, svetovni pojav. Zlobne sestre jemljejo duše nič hudega slutečih otrok.“

„Toda večina voditeljev ima svoje otroke,“ je dejal E-Z. „Zagotovo bi, če bi vedeli, želeli zaščititi svoje otroke in bi želeli zaščititi tudi druge otroke.“

„Bolj kot to, da bi se Furije osredotočile na njihove otroke. To bi bilo, kot da bi jim pred nosom visela palica,“ je dejal Reiki.

**POP.**

Hadz se je vrnil.

„Všeč bi jim bilo, če bi lahko uničile velike in močne otroke. Trenutno se zdi, da je to, kar počnejo, naključno - izbrano znotraj igre,“ je dejal Reiki.

„Povej mi več o tem, kar veš o njih.“ E-Z je vprašal.

Hadz je zašepetal: „Njihova imena so Allie, Meg in Tisi. Alliejevo maščevanje je zaradi jeze, Megino je zaradi ljubosumja, Tisi pa je znan kot maščevalec.“

„Okej, zakaj pa tako grdo smrdijo? In kako jih je mogoče premagati?“ E-Z je pogledal na uro. Bilo je ravno 8.00. Moral se je pogovoriti s preostalimi člani tolpe, da bi dobil Rosalie nazaj. Kako jim bo povedal o tej strašni trojici in vseh otrocih v teh lovilcih duš?

„Legenda pravi, da so bili v preteklosti kaznovani, ker so opravljali svoje delo. Zdaj so našli to vrzel z virtualno resničnostjo, novim človeškim izumom.“ Hadz se je obotavljal. „Zakaj ljudje nikoli ne želijo živeti svojega življenja v sedanjosti? Zakaj morajo bežati in igrati neumne igre, ki ogrožajo njihova življenja?“ Wannabe angel je bil rdeče oblečen in izredno skrušen.“

Reiki je poskušal potolažiti prijatelja z besedami: „Ne vedo, kaj delajo.“

„Nevednost ni opravičilo,“ je rekel E-Z. „Poslati jih moramo nazaj tja, kjer so bili, preden so izumili VR. In vrniti jim moramo duše otrok, ki so jih vzeli pod lažno pretvezo. Edina stvar je, KAKO naj jih prepričamo, da delajo narobe? Da kradejo življenja in kaznujejo ljudi za misli, ne za dejanja?

„Zdaj, ko sem si ogledal Furije - vem, da vam moramo pomagati bolj kot kdajkoli prej. Toda še vedno moram prepričati druge. Tudi če se bodo strinjali, se še vedno borimo proti premoči. Rad bi bil pozitiven. Reči, da smo kos nalogi. Vendar tega ne bomo vedeli zagotovo, dokler ne bo prišel čas za boj.“

Udaril je po blazini in jo držal v naročju. „Čakajte trenutek, so umrli? Mislim, ali so Furije pobegnile pred svojimi lovilci duš? In če so, kako? Kdo jim je pomagal priti ven?"

Hadz je pogledal Reiki in Reiki je pogledal Hadza.

**POP.**

**POP.**

Izginili so.

„Super!" E-Z je rekel. „Prekleto fantastično!"

# POGLAVJE 26
## BALANCE

ČEPRAVJEPOSKUŠAL ZASPATI, E-Z ni mogel. Ves čas je razmišljal in si zastavljal vprašanja. Vprašanja, na katera ni mogel odgovoriti.

Zato je vstal iz postelje, kliknil na svoj računalnik in se lotil iskanja.

Kmalu je naletel na zlato. Ko je našel povezavo The Furies and the Three Graces. Zdelo se je, da sta kot jin in jang drug drugega. Ena je bila dobra, druga zlobna. Spraševal se je, ali bi lahko te informacije uporabili v svojo korist. Če so lahko na zemljo pripeljali zle boginje, bi lahko tudi dobre boginje poklicali nazaj?

Najprej je predlagal, da jih arhangeli pripeljejo nazaj - če bi to lahko storili. Želel je vedeti, kaj točno bi milosti prinesle.

Da, bile so boginje. Hčere Zevsa, ki je bil bog neba. Njihove moči so bile usmerjene v očarljivost, lepoto in ustvarjalnost. Bral je naprej, vendar ni mogel videti, kako bi mu lahko pomagale proti Furijam.

Kljub temu je imel nekaj časa, zato je nadaljeval z branjem. Prebral je besedilo, ki je bilo pripisano Nietzscheju. O njegovih teorijah o dobrem in zlu so še vedno razpravljali in razpravljali na forumih.

Nato se mu je v glavi pojavil spomin. To se je dogajalo vse redkeje, obujali so se mu spomini na njegove starše. Upal je, da se ne bodo nikoli nehali.

Ta spomin je bil pogovor z njegovim očetom. O Newtonovem tretjem zakonu. S čolnom sta se odpravila na morje in lovila ribe.

„To je način, kako se riba premika skozi vodo,“ mu je razložil oče.

Od takrat se je o tem naučil več v šoli. Menil je, da bi se Newton in Nietzsche pogovarjala zelo zanimivo. Toda njuni življenji sta bili tisočletja narazen.

Potem mu je prišlo na misel. On, Lia in Alfred so bili pravo nasprotje Furij.

Ali so nadangeli to že vedeli? Ali so zato tako vztrajali, da lahko samo on in njegova ekipa premagata Furije?

Vprašanje, ki se mu je še vedno porajalo v glavi, je bilo - ali lahko zmagajo?

Ali je sploh mogoče ustaviti Furije?

O tem se je moral pogovoriti z drugimi.

Izklopil je računalnik in se vrnil nazaj, da bi se malo naspal, preden se drugi zbudijo.

Vsi so pričakovali, da bo imel vse odgovore. On jih ni imel, vendar se je trudil po svojih najboljših močeh. Odkar je postal vodja, je bilo življenje takšno.

# POGLAVJE 27

## RED ROOM (RDEČA SOBA)

E-Z JE BIL V rdeči sobi. V sobi, ki je dišala po krvi. Močan vonj po železu ga je bolel v nosu, zato si ga je pokril z roko in nato stopil nekaj korakov naprej. Njegovi koraki so puščali sledi po krvavih tleh. Kje je bil? V peklu? Tu je lahko vsaj bežal, toda kam? Vrat ni bilo. Nobenih oken. Nobene svetlobe, pa vendar je videl, da je vse rdeče. In mokro.

Vzel je telefon in kliknil na aplikacijo za svetilko. Z žarkom svetilke je sledil stenam okoli sebe. Vse so bile enake. Krvaveče in kapljajoče. In smrdeče. Čakal je. Klicati na pomoč se mu ni zdelo pametno. Morda bi bilo bolje, če mu karkoli, kar ga je pripeljalo na ta kraj, ne bi prišlo naproti. Raje jih ne bi srečal. Žarek svetilke se je ugasnil in njegov telefon se je ugasnil. Ker se je bal premakniti, je nepremično stal in poslušal.

Nekaj se je plazilo. Plazenje po tleh. Eden se je spuščal po steni na desni in drugi na levi. Trije. Kače.

Nato se je zrak v sobi spremenil in pojavil se je znan vonj. Gnitje. Jajčni. Žveplen. Gnijoče truplo.

Pokril si je nos. Tako kot prej to ni zakrilo odvratnega smradu.

Čakal je.

Torej so hoteli, da ostane sam. Imeli so ga. Poskrbel bo, da bodo to obžalovali, če bo to zadnja stvar, ki jo bo storil.

„Lahko te pojemo za zajtrk,“ je zakričal Tisi.

„Ali kosilo,“ je rekla Alli. „Konec koncev sem malo lačna.“

„Ali popoldanski čaj, saj ga ni veliko. Ne za nas tri, da bi si ga delili,“ je rekla Meg.

E-Z se je z vsem svojim bitjem osredotočil na krila. Bila so njegovo edino upanje za pobeg, a so bila neuporabna.

„Poglej!“ Meg je zakričala. „Poskuša uporabiti svoja majhna krila.“

Tisi in Alli sta se dvignili. Meg se jima je pridružila, ko sta lebdela tik pred njegovim dosego.

Pod njegovimi nogami so se tla tresla in brnela. Kot da se bo odprlo in ga pogoltnilo. Umaknil se je, da bi se oprl na steno. Toda ko se je dotaknil stene, je bila njegova srajca mokra. In ko je nanjo položil roko, je bila ta spet prekrita s krvjo.

„Ni me strah, vas treh kurb!" je zakričal.

„Mogoče se nas še ne bojite - še -" Meg je zavpila.

„Ampak kmalu se boste," je siknil Tisi.

„Za zdaj se lahko ukvarjaš s temi tremi," je zašepetala Meg, zaradi njenega smrdečega zadaha pa ga je skoraj zvračalo.

Tri kače, ki so izkoristile vzvod višine, so se pognale proti njemu. Njihovi viličasti jeziki so sikali in pljuvali. Nato so se začele ometavati druga okoli druge. Povezovale so se, prepletale. Dokler niso postale ena ogromna kača s tremi glavami in tremi biči. Biči, ki so se zaleteli v E-Z-ovo smer, da bi ga zadržali na mestu.

Potisnil se je še bolj nazaj. Ko je za sabo slišal škripajočo kri, ga je to nekako pomirilo. Njegovo telo se je sprostilo, ko se je s hrbtom pogreznil v kot ob krvavo kapljajočo steno.

„Poglej ga," je rekel Tisi. „Je samo deček in nikomur ni storil nič slabega. Pravzaprav je tako dober, da je škoda, da ga moramo uničiti."

„Da, njegovo srce je čisto," je rekla Meg. „Toda na njegovem srcu je črna pika. Madež maščevanja, ki bi ga rad izkoristil proti tistim, ki so bili odgovorni za smrt njegovih staršev.“

„Ne govori o mojih starših!“ E-Z je zakričal in se še bolj potisnil v krvavo steno. Bilo ga je strah. Bal se je, da je to, kar so govorili, res. Zaprl je oči. Če jih ne bo mogel videti, bodo morda odšli. Nato je nekaj za njim popustilo. In padel je v prosti pad, nazaj. Padal je. Padal je.

**THUMP**

Pristal je na invalidskem vozičku in odletela sta.

V Rdeči sobi so bile Furije besne!

„Pojdite za njim!“ Tisi je zakričala.

„Za njim!“ Meg je zakričala.

„Prepozno je!“ Alli je rekla. „Kot da je izginil!“

„Vrnimo se v Dolino smrti,“ je rekla Meg. Odšle so in Rdeča soba je ostala prazna. Toda njun smrad je še vedno ostajal.

**TUP.**

„Krvavi,“ je rekel Sam. „Odpelji ga v kopalnico. Vidimo, kako zelo je ranjen.“ Sam je potisnil voziček proti vratom.

„Ne, ustavi se!“ E-Z je rekel. „V redu sem. Kri ni moja. Vendar se moram umiti. Sprati smrad. Potem bom razložil, kaj se je zgodilo. Obljubim.“

„Dokler si prepričana, da je z tabo vse v redu," je rekel Sam.

Ko je odšel, se Sam, Lia in Alfred niso mogli domisliti ničesar, kar bi si povedali. V tišini so čakali, da se vrne.

V kopalnici je E-Z postavil svoj invalidski voziček na rampo. Ko so obnovili hišo, je stric Sam zanj izumil novo prho. Z njim je bil bolj samostojen. In bilo je zabavno! Podobno kot v avtopralnici.

Segel je navzgor ter roke in vrat potegnil skozi trakove. Pritisnil je na gumb, da se je premaknil naprej, stol pa mu je sledil. Takoj je začela teči voda. Hkrati je čistila njegovo telo in oblačila. Tu in tam se je razpršil gel za prhanje ali šampon, ki mu je sledila voda, da ga je odplaknila.

Ko je bil čist, se je še naprej premikal naprej in sprožil mehanizem za sušenje. Ta je v nekaj minutah posušil njega in njegova oblačila ter jih naredil brez gub.

Ko je prišel do konca, se je odklopil od trakov in se spustil na stol. Ogledal se je v ogledalu. Njegovi lasje so bili že videti tako dobro, da mu jih ni bilo treba niti česati. Vrnil se je v svojo sobo. Ko je zagledal prijatelje, se mu je dvignil želodec in bruhal je.

„Žal mi je," je rekel. „Tako žal mi je."

Lia in Alfred sta ga objela. Za bruhanje ju ni skrbelo. Predani prijatelji ne skrbijo za takšne stvari.

Sam je šel po skledo in vodo, da bi očistil nečaka.

E-Z je bil hvaležen za pomoč in to mu je dalo čas, da je razmislil, kaj bo povedal in kako bo to povedal.

„Hvala, stric Sam. Uh, kaj ti moram povedati. Ni lepo.“

„Nadaljuj,“ je rekel Alfred.

„Tukaj smo za vas,“ je rekla Lia.

„Usedi se, stric Sam.“

Vse so našteli, ne da bi rekli besedo.

„Vključen sem,“ je rekel Alfred.

„Tudi jaz,“ je rekla Lia.

„Jaz trije,“ je rekel Sam.

„Strinjam se,“ je rekel E-Z. In sekundo pozneje je bil že na poti nazaj v belo sobo. Ali pa je upal, da gre tja.

Kjerkoli je bilo bolje kot v rdeči sobi. Sploh kjerkoli.

# POGLAVJE 28

## BELA SOBA

B ELA SOBA SE JE zdela nekako drugačna, ko se je z nogami dotaknil tal.

E-Z se je počutil tako srečen, da se je vrnil v udobje bele sobe. kjer se je lahko sprehajal. Dotakniti se knjig. Dišati po knjigah. Toda nekaj je bilo čudno. Izklopljeno.

Postavil se je na noge. Opazil je, da se mu tresejo roke. Kolena so se mu tresla. Zdaj so mu škripali zobje.

Objel se je z rokami in si želel, da bi s seboj vzel jakno. Čakal je in pričakoval, da bo prišla. Ni ga bilo.

„Kaj je to za kraj?" je vprašal.

Brez odgovora.

„Cheeseburger s krompirčkom," je rekel.

Nič.

„Chop suey, z jajčnim zavitkom," je rekel z večjo avtoriteto.

„Hočem vedeti, kje sem!" je zakričal.

Nič.

Nadda.

„Rosalie?" je poklical. „Ali si tam? Eriel? Rafael? Kdo? Hadz? Reiki?"

Spet nič.

Niti vljudnega PFFT, da bi se sprostil.

Poznavanje knjig je bilo edino sidrišče, ki ga je držalo na tem mestu. Prebil se je do lestve in jo premaknil pod Ds. V pričakovanju, da bo našel Charlesa Dickensa, se je začel vzpenjati. Namesto tega je ugotovil, da je bila vsaka knjiga, ki se je je dotaknil, povezana s svetom iger.

Kaj pa?

In nobena knjiga ni imela kril. Vse so bile popolnoma nove. Kot da jih še nihče ni odprl.

Skoraj je padel z lestve, ko se je oglasil glas,

„E-Z Dickens - to ni bela soba, ki jo poznate. To je replika. Sem ste bili poslani, da bi raziskovali. Vsaka knjiga, ki jo potrebujete, vam je na dosegu roke. Vsako knjigo je treba prebrati in pregledati v celoti."

„Vseh teh knjig ne morem prebrati na hitro; potreboval bi več let, da bi preletel vse te knjige!"

„Zato boš dobil dodatno moč. Moč, ki se bo uresničila le med stenami te sobe. Beri zdaj. Hitro. Besno. Zapomnite si vse.“

Ko se je glas končal, se je začel drugi,

„Deset, devet, osem, sedem, šest, pet, štiri, tri, dva, ena. Zdaj pa preberi E-Z Dickensa. Nadaljuj z delom.“

E-Z je hitro prebral vsako knjigo.

Ko je eno končal, mu je v roke takoj padla druga. Potem še ena in še ena.

Prebral je vse, dokler ni mogel več brati.

Upal je, da mu ne bo eksplodirala glava!

Potem je padel ob steno, se stisnil v kot in jokal, medtem ko se mu je v glavi oblikoval načrt.

Ideja se mu je porodila, ko je pomislil na PJ in Ardena. Zakaj so ju Furije spravile v komo namesto v lovilce duš? Bila sta v igri - ves čas so se igrali igre, zakaj ju ne bi ubili?

Načrt je bil takšen: S svojo ekipo bi izumil lastno igro za več igralcev. Sam bi poznal ljudi, ki bi lahko pomagali v industriji. Ko bi Furije priletele po njihove duše, bi jih odstranili.

Želel si je, da bi bila Arden in PJ tam, da bi igrala z njim - ker bi mu stala ob strani. To je bilo v redu, tudi on je imel njune hrbte. Rešil jih bo in jih osvobodil.

Hodil je sem in tja in o vsem tem premišljeval. En vidik ne bi deloval. Če bi ga vključil v igro in ne bi hotel ubiti - bi se spravili nanj. In to bi lahko ogrozilo tudi druge.

Saj ne bi mogel vsem igralcem iger na svetu reči, naj prenehajo igrati. Če bi jim povedal resnico, o treh boginjah, ki jim poskušajo ukrasti duše, bi ga zaprli.

Kljub temu je bila to edina zamisel. Edina jasna pot, ki jo je videl, da bi premagal Furije v njihovi lastni igri.

„Peljite me od tam!" je rekel. ‚Ne morem si zamisliti ničesar boljšega,' se je sprijaznil.

In tako je ostal sam v pravi beli sobi z Rosalie in Rafaelom. Spraševal se je, kje je Eriel, ne da bi ga pogrešal.

„Dobro, imam idejo. Nekakšen načrt," je rekel. „Vendar nisem prepričan, da bo deloval. Potrebujem odgovore na dve vprašanji. Za tretje pa imam zahtevo - o tej zahtevi se ni mogoče pogajati."

„Vprašajte," je rekel Rafael.

„Prvo, ali bom lahko rešil svoja najboljša prijatelja PJ in Ardena, če se bomo soočili s Furijami?"

Rafael je okleval, preden je spregovoril. „Če ti bo uspelo, ni razloga, da tvoji prijatelji ne bi bili rešeni."

„Preko srca?" je rekel.

To je storila.

„Kot sem domneval, so za njihovo stanje krive Furije. Ali je tako?"

„Da, verjamemo, da je res. Vaši prijatelji imajo na neki način srečo, saj so njihove duše ostale nedotaknjene. Ne moremo pa ugotoviti, zakaj, torej če so bili tarča Furij. V vseh drugih primerih, za katere vemo, so vzele duše otrokom. Ne poznamo drugih, kot so vaši prijatelji, ki bi ostali živi v komatoznem stanju."

„Tudi o tem imam idejo, vendar moram vedeti, kaj se bo zgodilo s PJ-jem in Ardenom, če bodo Furije premagane? Kaj se bo zgodilo z vsemi otroki, katerih duše so že v lovilcih duš? Ne bi smeli umreti. In kaj se bo zgodilo z dušami brezdomcev?"

„Trenutno Furije uporabljajo moč interneta. Ta jim omogoča dostop do src in domov vseh ljudi na planetu. Kot da bi vsi pustili odprta vrata in okna - tako da lahko kdorkoli vstopi. Res je, da so Furije le tri - a njihova moč je velika. So mitska bitja, boginje, katerih izvor sega do Zevsa. Ste že slišali za Zevsa, kajne?"

„Prebral sem, da je bil bog neba in oče treh gracij. Ali bi nam lahko pomagale, če bi jih pripeljali nazaj?"

„Zevs ni vpleten v to. Njegove hčere tudi ne. Nadangeli se ne igramo s časom. In vedno smo verjeli, da so Lovilci duš sveti. Nedotakljivi. Do zdaj."

„Odlično, torej menite, da so bili moji prijatelji tarča Furij, vendar niste povsem prepričani. Nič bolj kot jaz, kajne?"

„Pravilno. Zato, ker ne morem stoodstotno reči da ali ne. Če so se tvoji prijatelji igrali igre. Mislim, ubijali so v okviru iger ... Potem bi izpolnili merila Furij.

„Toda če bi jih hoteli ubiti - bi bili že mrtvi. Razen če ... ne, to ne bi bilo smiselno. To bi pomenilo, da vedo za vas in vašo ekipo. Ni mogoče, da bi vedeli. To smo držali v tajnosti. Če bi vedeli, potem bi vaše prijatelje držali pri življenju, če bi potrebovali vzvod."

„Misliš kot pogajalsko orodje?"

„Morda, če sem iskren, ne vem. Kot sem rekel, smo vse o tebi in tvoji ekipi držali v tajnosti. Mi, vključno z mano in drugimi nadangeli, bi naredili vse, da bi vas zaščitili.

„Furije so skozi stoletja dobile moči. Toda nikoli niso bile usmerjene v nedolžne otroke. Nikoli niso izkrivljale svojih načrtov, da bi jih prilagodile svojim ciljem."

„Kakšni so njihovi nameni?" E-Z je vprašal.

„Tega ne vemo.“

E-Z je rekel: „Zato moramo imeti najboljše možnosti, da zmagamo proti njim.“

„Točno tako, toda vsak dan ukradejo več otroških duš in ta proces pospešujejo.“

„Za koliko?“ E-Z je vprašal.

„Mislimo, da na tisoče, a kmalu jih bo na milijone. Kmalu bo prepozno, da bi jih ustavili.“

„Okej, razumem, kaj je tu ogroženo, vendar smo le otroci in ne želimo iti na slepo. Mi smo smrtni in oni prav tako. Razmisliti moramo, pretehtati vse možnosti, preden tvegamo svoja življenja.“

„Razumemo in, kot sem rekel, vam bomo krili hrbet.“

„Zdaj pa preidem k naslednjemu vprašanju, zanima me, kaj naj storim z desetletnim Charlesom Dickensom?“

„Oh, to,“ je rekel Rafael. „Prvič, z njegovo reinkarnacijo nismo imeli ničesar opraviti. Poleg teorije, ki smo vam jo povedali, imamo še eno, in sicer, da ste ga priklicali vi. Sprašujemo se, ali je bila njegova vrnitev njihova napaka. Morda se je vesolje odprlo in vam ga poslalo na pomoč, da bi vzpostavilo ravnovesje. Navsezadnje je njegov krvni sorodnik. In je pripovedovalec zgodb ter mojster zapletov. Morda ima orodja in spoznanja, ki jih še ne poznate, da bi vam pomagal premagati Furije."

E-Z je skrbno izbiral besede. „Ampak on je otrok. Napisal še ni niti ene same stvari. Odvračal bo pozornost, poleg tega je iz drugega časa in bi lahko ogrozil nas in našo misijo."

„To je odvisno," je rekel Rafael. „Lahko bi bil skrivno orožje. Tukaj je za vas. Če verjameš vanj. Da je bil rojen za pisatelja. Potem bo pri desetih letih že imel vse potrebne spretnosti. Uporabite ga v svojo korist, če se boste tako odločili."

E-Z je stisnil pesti. „Hočete reči, da moramo mojega bratranca uporabiti kot vabo?"

Rafael se je zasmejal in se razprl, tako da je povzročil nepotreben vetrič.

„Pomagalo bi, če bi prenehal tako mahati," je rekla Rosalie. „Pregrinjam se s puloverji, a se še vedno ne morem ogreti. Mimogrede, zdaj bi rada šla domov. E-Z in ostali so se strinjali, tako da sem naredila svoje. Zdaj pa nasvidenje. Naj grem domov."

**BINGO.**

Rosalie je izginila in pristala v svoji sobi. V mislih se je pogovarjala z Lio in ji povedala, da se je vrnila nepoškodovana in da bo zdaj zadremala.

E-Z je pomislil na še eno zahtevo, o kateri se ni mogoče pogajati.

„Hadz in Reiki želita biti z mano, v naši ekipi.“

Rafael se je nasmehnil. „Hadz in Reiki sta z Erielom povezana z našim vodjo Michaelom.“

„Naj se torej pogovorim z njim. Ta dva sta nam pomagala. Prišla sta, ko sem ju poklical. Če se bomo borili proti starodavnemu zlu, potrebujemo ta dva na naši strani, da nam pomagata.“

„Michael ne more govoriti z vami. Vendar bom podal vašo prošnjo. Če bo menil, da je to potrebno, me bo obvestil in jaz bom v zameno obvestil vas. Je še kaj?“

„Da. Vedeti moram, kako se znebiti Furij. Ali jih moramo ubiti? Da jih pošljemo nazaj tja, od koder so prišle? Kaj točno želite, da naredimo s temi boginjami?“

„Povežite jih, zadržite jih - in vse drugo bomo naredili mi. Če vaš načrt deluje, potem bi morali biti sposobni prevzeti nadzor nad lovilci duš. Vse bomo vrnili v prejšnje stanje.“

„Kaj pa tisti, ki so predčasno umrli?“

„Vsi bodo izenačeni ... ko bodo sovražniki nevtralizirani.“

„Preden me pošljete nazaj," je rekel E-Z, "potrebujem nekaj, neko zavarovanje, da nam ne boste spet prekrižali poti. To zavarovanje naj bi bilo dajanje Hadža in Reikija, a ker mi tega ne morete dati, potrebujem nekaj drugega. Nekaj, kar bom lahko odnesel nazaj drugim in rekel, da je to dokaz, da se nam ne bodo odpovedali, kot so to storili v preteklosti."

„Kot kaj?"

„Tvoja očala bi morala zadostovati," je rekel.

Rafaela je padla na kolena, njena krila so nehala plapolati in se odvila. „Ne to, nič drugega kot to," je zavpila. „Brez očal nisem v pomoč ne tebi ne nikomur drugemu."

„Nadangeli so Rosalie držali tukaj proti njeni volji. Izkoristili so jo, da bi prišli do mene. Premislili ste si glede danih obljub, preklicali moje preizkušnje ..."

Dotaknila se je robov očal in jih nato snela. V njenih rokah so se očala spremenila v kačo, rdečo kačo, ki se je priplazila na E-Z-ovo roko in spolzela navzgor, navzgor, navzgor.

„Kaj pa!" E-Z je zakričal, ko se je kača še naprej vzpenjala po njegovem vratu. čez rob njegove brade. Preko tesno zaprtih ustnic je spolzela po njem. Po nosu navzgor in čez njega. Nato se je razpolovila in se ovila okoli vsakega ušesa. Nato se je vrnil v svoje prvotno stanje pulzirajočih očal.

„Moja očala so zdaj tvoja, karkoli že boš storil - ne dovoli, da ti jih Furija odvzame. Če se to zgodi, bomo vsi uničeni."

„Počakaj!" je rekel glas s stene. „Kaj pa, če ti ne uspe? Navsezadnje ste le otroci."

„Ne morem obljubiti uspeha - vendar bomo dali vse od sebe. Vendar bi bilo dobro vedeti, da boste, če bomo potrebovali vašo pomoč, uporabili svoje moči, da nam pomagate."

„Dogovorjeno," se je razlegel glas.

E-Z se je vrnil na svoj invalidski voziček v svoji sobi, na obrazu pa so mu utripala rdeča očala.

„To moraš nehati početi," je rekel stric Sam, ki je nečaku postiljal posteljo. „Preden pozabim, sva s Samom danes obiskala PJ in Ardena, ko sva bila na pregledu v bolnišnici. Naletela sva na PJ-jevega očeta; povedal nama je najnovejše informacije. Zdaj si delita bolniško sobo, vendar se stanje nobenega od njiju ni spremenilo."

„Hvala, nameraval sem ju poklicati. Dobro, vsi se zberite."

# POGLAVJE 29

## KAJ STORITI?

Ali potrebuješ, da ostanem?" Sam se je ustavil. „Ker me žena čaka, da ji zmasiram noge. Otrok naj bi se rodil vsak dan, zato čakanje ni mogoče."

„Uh, pojdi in poskrbi zanjo," je rekel E-Z. „O podrobnostih te bom obvestil pozneje."

Lia je objela Sama.

„Hvala," je rekel Sam in za seboj zaprl vrata.

Zaslišal se je zvonec na vhodnih vratih.

„Imam ga!" Sam je zaklical in stekel proti vhodnim vratom.

„Ima veliko dela," je rekel E-Z.

„Lažje bo, ko se bo rodil otrok," je dejala Lia.

„Bilo bo bolj kaotično," je rekel Alfred. „Ampak zdaj se s tem ne obremenjujmo."

„Kaj je najnovejšega?" Lia je vprašala.

„Začni s pozitivnimi, če so kakšni. Upam, da jih je,“ je dejal Alfred.

„Dobra novica je, da imam idejo. Žalostna novica pa je, da nimam pojma, ali bo delovala proti našim sovražnikom. Znani so kot Furije. Je kdo od vas že slišal zanje? To ime poznam iz mitologije, pojavljajo pa se tudi v nekaterih igrah.“

Lia je zmajala z glavo.

Alfred je rekel: „Slišal sem zanje, vendar je bilo to že davno. Mislim, da smo o njih brali v srednji šoli, nekoč. Spomnim se, da so bili zlobni - morda trije? In ali niso boginje? V glavi imam podobo Meduze. So bile v sorodu?“

„So še hujše. Mnogo hujše, ker so tri,“ je dejal E-Z. „Ko sem bruhal, je bilo to takoj po drugem srečanju z njimi. Prvo srečanje je bilo na potovanju s Hadžem in Reikijem. Temu so rekli malo raziskovanje. Ne skrbite, bili smo zakriti, vendar sem se veliko naučil. Sedež so postavili v Dolini smrti.

„Kot smo domnevali, ciljajo na otroke. V svetu iger na srečo. Lia, vprašala si, kakšen je njihov namen... Gre za to, da otroke potisnejo čez rob. Otroke naše starosti in še mlajše.

„Ko jih dobijo, jim ukradejo dušo. In jih spravijo v lovilce duš, ki so namenjeni drugim ljudem. Ko umrejo, njihove duše nimajo kam iti.“

„To je tako hudobno!“ Lia je dejala.

„Kaj se torej zgodi z njihovimi dušami, ko umrejo pravi lastniki lovilcev duš? Če njihove duše nimajo kam iti - ne domov ne v nebesa - kaj se potem zgodi z njimi?“ Alfred je vprašal.

„V tem je bistvo. Nimajo večnega počivališča, zato po smrti le lebdijo naokoli. To je skrajšana različica. In mi moramo zaustaviti Furije, in to čim prej.“

„Kako jemljejo otroške duše? Ne razumem,“ je vprašala Lia.

„Tudi jaz ne,“ je rekel Alfred. „Otroci, še posebej tisti, ki igrajo igre, so zelo spretni z računalniki. Kako se izpostavljajo nevarnosti? Kako lahko Furije dobijo dostop do njih v njihovih domovih, tik pred nosom njihovih staršev?“ Za trenutek je pomislil: „Ali so odgovorni za to, da sta PJ in Arden v komi?“

„Dobro, najprej Lijino vprašanje. Furije kaznujejo tiste, ki so nekaznovani - to je bil njihov zgodovinski namen. Njihovo glavno orožje je bilo vedno obžalovanje. V ljudeh vzbudijo občutek krivde. Da obžalujejo, da so storili nekaj slabega. In ko jim to uspe, prevzamejo nadzor. Spravijo jih v norost in jih prisilijo, da se uničijo.

„Povedal sem vam o fantu, ki je prišel k meni domov in me poskušal ustreliti? Rekel je, da mu je nekdo v igri rekel, da bodo ubili njegovo družino, če me ne ubije. Prepričevali so ga, da je šel po meni zaradi dejanj, ki jih je izvajal v igri. Za to povezavo sem potreboval Erielov namig. Takrat se mi je zdelo čudno, vendar se mi ni takoj zaznalo.

„Tako to počnejo. Otrok igra igro in da bi napredoval v igri, mora nekoga ubiti ali celo zagrešiti množični umor ali, no, razumeš idejo. V resničnem svetu so te stvari greh in protizakonite, v igri pa so del igre. Pri večini iger je to edini namen.“

„Počakajte trenutek,“ je rekel Alfred. „Hočeš povedati, da otroke v igri kaznujejo, kot da bi v resničnem življenju zagrešili umor?“

„Tako je,“ je rekel E-Z. „To je točno to, kar počnejo. Kako uporabljajo igralno industrijo, da bi upravičili - ne, mislim, da to ni prava beseda. Mislim, da opravičujejo svoja dejanja, ko so otrokom vzeli dušo.“

Lia je sklenila roke in jih stisnila v pesti. Nato si je z njima pokrila ušesa, kot da ne bi želela več slišati. „Imaš popolnoma prav, E-Z. Nimamo izbire -

absolutno moramo ustaviti te čarovnice. Čim prej, tem bolje.“

„Vem,“ je rekel E-Z, “vendar ne bo lahko. So boginje, znane tudi kot Hčere teme in Erinyes. Njihov namen številka ena je kaznovati zlobneže in v okviru igre - vsi so zlobni. To je edini način za napredovanje v igri.“

„Rekli ste, da imate načrt, kakšen je?“ Alfred je vprašal.

„Najprej naj odgovorim na tvoje vprašanje o PJ in Ardenu. Po mojem občutku je odgovor pritrdilen. Vendar sem Rafaelo vprašal, ali lahko to potrdi. Rekla je, da ne more stoodstotno trditi tako ali drugače. Ker Furije še nikoli - kolikor ji je znano - niso odšle od tega, da bi ukradle kakšno dušo. Da ne omenjam dveh duš.

„Oh, še nekaj ti moram povedati, v Dolini smrti je na tisoče lovcev duš. Morda več kot tisoč in v številu, ki vsak dan narašča. So daleč, kamor seže oko.“ Ustavil se je, kot bi imel srce v grlu, in si obrisal solzo.

„Težko je bilo biti priča temu. To, kar počnejo, je tako premišljeno, namerno. Ne morem pa razumeti, kaj je v tem za njih. Hadz in Reiki sta imela prav, ko sta me peljala tja, da bi to videl. Če bi mi povedala, ne da bi mi pokazala... me to ne bi tako močno prizadelo. Oh, in Rafael pravi, da vsak dan povečujejo vnos. Tako da nimamo veliko časa, da bi sedeli in razmišljali. Potrebujemo načrt in moramo ukrepati.“

„Ali so smrtni?“ Alfred je vprašal.

„Da, na tem področju smo na ravni,“ je dejal E-Z. „Načrt, ki sem si ga zamislil, je bil, da naredimo svojo igro. Pri tem bi nam lahko pomagal stric Sam. Ko bom igral, da bi se hvalil z ubijanjem, bodo Furije prišle po mene. Ko bodo to storile, jih bomo ujeli v past in jih ubili v igri.

„Mislil sem, da se bodo njihove moči v igri morda zmanjšale. Potem pa mi je prišlo na misel - kaj pa, če se bodo tudi moje.“

„Tega ne bi vedeli, dokler ne bi bilo prepozno,“ je rekel Alfred.

„Tako je. Bolj ko sem razmišljal o tem, manj učinkovita se mi je zdela zamisel. Da ne omenjam, če imajo PJ in Ardena, ki sta obtičala v limbu, dokler ju ne bodo nadzorovali ... No, lahko bi jima odvzeli dušo. In izgubili bi ju.“

„Hočeš reči, da je to lahko past?“ Lia je vprašala.

„Točno tako.“

„Dala si nam veliko za razmisliti,“ je dejal Alfred. „Mislim, da bi morali o tem prespati, premisliti in se o tem pogovoriti jutri.“

„Nisem prepričana, da bom lahko spala,“ je rekla Lia, "vendar se strinjam, vzemimo si odmor. Potrebujem čas, da razmislim o tem, v kako veliko nevarnost se bomo spravili. Prepričati se moramo, da drug drugemu krijemo hrbet.“

„Seveda,“ je rekel E-Z. „Medtem pa bom videl, ali lahko pripravim načrt B.“

Lia je zapustila sobo in za seboj zaprla vrata.

„Zanima me, kdo je bil na vhodnih vratih?“ E-Z je vprašal.

„Zjutraj lahko vprašamo Sama, verjetno je še vedno zaposlen z urejanjem ženinih nog.“

Zasmejali so se. „Sliši se kot načrt,“ je rekel E-Z. „Lahko noč, Alfred.“

„Lahko noč, E-Z.“

# POGLAVJE 30

## OOH, BABY BABY

 pozneje je Sam zakričal.

„ Na poti po hodniku je v eni roki držal Samantino roko. Čez ramo je imel obešeno torbo za čez noč. V roke je vzel avtomobilske ključe.

„Ne boš vozil, ljubi," je rekla Samantha in ključe odložila na pult.

E-Z je prišel na hodnik. „Želiš, da gremo zate?"

„V redu sem," je rekla Samantha. „Lia še vedno trdno spi."

„Zbudila jo bom in srečamo se v bolnišnici, dobro?"

Lia je pogledala čez ramo: „Že sem poklicala taksi. On ne vozi."

Sam se je nasmehnil: „Ona je šefica."

„Kmalu se vidimo," je rekel E-Z. „Mimogrede, kdo je bil sinoči na vratih?"

„Rosalie. Bila je izčrpana, zato smo jo dali v sobo za goste."

„Dobro, hvala," je rekel E-Z.

Ko se je po hodniku prikotalil do Lijine sobe in se spraševal, kaj Rosalie počne tam, je potrkal na vrata.

„To sem jaz, Lia," je rekel. „Tvoja mama in stric Sam gresta v bolnišnico. Otrok prihaja!"

Najprej se je zaslišal trk, nato pa je Lia odprla vrata. Svetilka na njeni nočni omarici je ležala na tleh poleg postelje. „V sekundi bom pripravljena," je rekla. Zaprla je vrata.

Odpravil se je v sobo za goste. Pogledal je noter in Sam je imel prav, Rosalie je trdno spala. Vrnil se je v svojo sobo, se oblekel in se trudil, da ne bi zbudil Alfreda. V bolnišnici labodi niso smeli biti, zato bi bilo njegovo zbujanje zlobno - počutil bi se zapostavljenega. Napisal je sporočilo, da Rosalie spi v sobi za goste in naj poskrbi zanjo, dokler se ne vrneta. Povej ji, naj se počuti kot doma, je zapisal. Pismo je pustil tako, da ga Alfred ne bo pogrešal, ko se bo zbudil.

E-Z je za seboj zaprl vrata in jih zaklenil, nato sta z Lio sedla v čakajoči taksi in se odpeljala v bolnišnico.

Sledila sta oznakam in kmalu našla otroški oddelek. Tam je bil Sam, ki je hodil gor in dol, kot to počnejo bodoči očetje na televiziji.

„Kako se počutiš?" E-Z je vprašal.

„Kako je z mamo?" Lia je vprašala.

„Hvala obema, ker sta prišla," je rekel Sam. Ko je skušal piti vodo iz steklenice, se mu je zatresla roka. „Samanthi gre res zelo dobro. Mislim, da je s teboj, Lia, to že prestala, tako da ve, kaj lahko pričakuje, in jaz sem. No, ne vem, ali bom to zmogel. Tečaj, ki sva ga opravili, da bi se lažje pripravili na današnji dan, je bil dober - toda resničnost je povsem drugačna. Sovražim bolnišnice."

„Vsi sovražijo bolnišnice," je rekel E-Z. „Ampak ko pridejo skozi ta nihajoča vrata. In rečejo, da te potrebujejo ... Potem se moraš zbrati in priti tja ter pomagati svoji ženi. Zapomni si, da ste ekipa, da ste v tem skupaj. To zmorete!" Strica je potrepljal po hrbtu.

„Vem."

Lia je položila glavo na Samovo ramo. „Odlično ti bo šlo."

Prišla je medicinska sestra. „Tvoja žena te potrebuje. To ne bo trajalo dolgo. Odpeljal te bom, da se urediš, potem pa boš lahko z ženo, ko jo bomo odnesli dol."

Sam je prikimal in odšel.

Zadnji pogled na njegov obraz je E-Z spominjal na nekoga, ki stoji pred strelsko četo.

„Z njim bo vse v redu," je rekla Lia in ga potrepljala po roki.

Čez nekaj ur se je Sam vrnil k njim s širokim nasmehom na obrazu. „Imam še eno hčerko," je rekel, "in sina!"

„Dva otroka?" Lia in E-Z sta se strinjala.

„Da, dva. Na slikanju smo videli samo enega."

„Kako je z mamo?"

„Odlično! Neverjetna!"

„Ali jo lahko vidimo? In otroke?"

„Dajte jim nekaj minut, da pripravijo stvari. Potem lahko spoznaš brata in sestro Lio, E-Z pa svoje bratrance in sestrične."

„Ali že veš, kako jih boš poimenoval?" E-Z je vprašal.

„Da, ampak to ti bova povedala skupaj."

„Pravično," je rekel E-Z.

„Dva otroka, v tej hiši - z vsemi drugimi," je rekla Lia.

„Tudi jaz sem razmišljala o istem. Že zdaj imamo polno hišo... ampak bomo zmogli. Vedno nam uspe."

Sedela sta skupaj in čakala.

# EPILOG

Č EZ NEKAJ TEDNOV JE BIL 17. januar. Božič je prišel in minil z vsem običajnim pompom in razkošjem, enako je bilo z vstopom v novo leto. E-Z je bil še eno leto starejši, imel je sladkih šestnajst let in druščina je bila skupaj v njegovi sobi. Charles Dickens se jim je pridružil prek Facetimea.

Na hodniku sta dvojčka Jack in Jill povzročala razburjenje. Sam in Samantha sta se še vedno privajala na rutino novih prišlekov. Nihče v hiši ni veliko spal, dokler niso odprli božičnih daril. E-Z, Lia in celo Alfred so prejeli slušalke, ki blokirajo zvok.

E-Z je razmišljal o drugih načinih, kako bi lahko premagali Furije. Poleg njegove zamisli, da bi jih preganjali v igri. Nekaj drugih možnosti se mu je ponudilo.

Medtem ko so drugi spali, se je prek spleta nekajkrat pogovarjal s Charlesom. Charles je menil, da bi jih bilo „popolnoma bedasto" premagati v njihovi lastni igri. '

E-Z je bil nekoliko zaskrbljen, kakšne druge fraze so ti detektoristi učili Charlesa. Skupaj sta se odločila, da bosta skupino seznanila s svojimi razpravami o tem, kako nadaljevati z idejo o igri.

„To je preprosto," je dejal Charles Dickens. „Z E-Z sva se pred dnevi pogovarjala po telefonu in ugotovila, kaj bi lahko delovalo. Če imajo kakšno informacijo o Trojki - mislim, da ste povsod po internetu -, bodo vedeli za vas. Toda ne bodo vedeli zame.

„Ne da bi se me bali. Čeprav je Edward Bulwer-Lytton nekoč zapisal, da je pero močnejše od meča. Upam, da bi v tem primeru to držalo.

„Tako sem vadil s svojimi prijatelji detektoristi. Ugotovili smo, da je najboljša igra, v katero jih lahko vključimo, obstoječa igra. In mislimo, da poznamo popolno igro.

„Imenuje se The PK Crew. Igra ima oceno 13+ ali 12+ na nekaterih mestih in je brezplačna. Motiv igre je pobiti vse, vključno z družino in prijatelji. Za vsak uboj ste nagrajeni, ko pa ubijete ljudi, ki so vam blizu, dobite celo več točk. Več denarja. celo slavo v igri.

Vaša slika na televiziji PK TV. Na prvi strani časopisa The Peachy Keen Times. Igra se dogaja v izmišljenem mestu Peachy Keen. To je popolna past - in to je igra, ki jo bomo uvedli sami. Igral bom kot dvanajstletnik, oni bodo prišli v igro, vi pa boste že tam."

„To bo dovolj varno," je rekel E-Z. "Mislim, da si že mrtev - mislim v prejšnjem življenju -, zato te ne morejo ubiti."

Na vrata je nekdo potrkal. „Odprta so," je rekel E-Z.

Lia je skočila pokonci in objela Rosalie. „Lepo videti, da si se zbudila," je rekla, ko se je stisnila v prijateljičin debeli pulover.

Rosalie je postala pomemben del njihove ekipe. Vendar je smela z njimi ostati le še en dan. Potem se je morala vrniti v dom.

Ko se je odpravila čez sobo, da bi se usedla, je laboda Alfreda pobožala po glavi. Odkar je prišla pred otroki, so se hitro spoprijateljili.

„Nekaj vam moram povedati. Najprej se zahvaljujem, da ste me tako lepo sprejeli. Lepo vas je bilo videti in hvala, da sem se počutila kot del vaše ekipe."

„Ahhhhhh," je rekla Lia.

„Kar vam moram povedati, je to, da sem pisala v knjigo o drugih otrocih s posebnimi močmi, kot ste vi. Je v predalu moje nočne omarice. Ko me naslednjič obiščeš, ti jo dam, da boš lahko šla po druge, ki ti bodo pomagali premagati Furije."

„Potrebovali bomo vso pomoč," je dejala Lia.

„Rafael in Eriel menita, da ti lahko pomagata, zato sta želela, da jima sporočim podrobnosti. Zato sem vse zapisala, da ne bi pozabila česa pomembnega."

„Zato sta te Rafael in Eriel potegnila v belo sobo?" E-Z je vprašal.

„Da in ne. Hočem reči, da. Vesta za druge otroke. Toda ne, nista me naravnost prosila, naj jima izročim podatke o njih. Vem, da so ti otroci za vas pomembni in da brez njih ne morete premagati Furij."

„Kaj veš o Furijah?" Alfred je vprašal.

Rosalie se je zdrznila in prekrižala roke. „O njih vem nekaj stvari. Na primer, da so tri strašne sestre, ki so se vrnile na Zemljo, da ne bi delale nič dobrega."

E-Z je rekel: „Saj se ne šališ. Na lastne oči sem videla škodo, ki so jo naredile do zdaj. Pripravljamo načrt. Toda povejte nam, kje so ti drugi otroci? Ali mislite, da nam bodo pomagali? Če nam bo uspelo najti način, kako jih pripeljati sem."

„So dobri otroci, vendar bi jih morali vprašati za dovoljenje in njihove starše. Eden je na drugem koncu sveta, v Avstraliji, drugi na Japonskem, tretji pa v Združenih državah Amerike, v Phoenixu v Arizoni. Morda so še drugi, vendar so ti trije edini, s katerimi sem do zdaj imela stik," je dejala Rosalie.

„Po drugi strani pa bo prihod novih otrok zapletel stvari," je dejal E-Z. „Poleg tega, če nam ne bo uspelo, potem ne bo nikogar, ki bi prevzel naloge namesto nas. Morda bi bilo najbolje, če bi to vodili sami in se pri tem čim manj izpostavljali. Če lahko to storimo, mislim, da je treba Furije odstraniti - zakaj bi v to vpletali druge? Tujci? Zakaj bi tvegali življenja drugih otrok?"

„Še pred kratkim smo bili vsi tujci," je dejal Alfred.

„Še vedno sem tujec - čeprav smo v sorodu," je pretehtal Charles Dickens. „Vendar nisem eden od Treh. E-Z je glavni in z veseljem naredim vse, kar se mu zdi najboljše. Detektoristi pravijo, da sem novinec. In to je res."

Rosalie je pogledala fanta v zaslonu. „Nismo se še pravilno predstavili," je rekla. „Jaz sem Rosalie in prepričana sem, da sem bolj novinec kot ti."

Charles se je zasmejal. „Jaz sem Charles Dickens."

„Ali ste v kakšnem sorodstvu s Charlesom Dickensom?" Rosalie je vprašala.

„Uh, ja, jaz sem on - reinkarniran."

Rosalie se je zasmejala. „Mislila sem, da sem že vse slišala. Vesela sem, da vas spoznavam, Charles."

Na vhodna vrata je glasno potrkalo.

Nekaj sekund pozneje so si obute noge kljub Samovemu protestu utrle pot po hodniku.

„Rosalie," je skozi zaprta vrata rekel najdebelejši od obeh moških. „Čas je, da se vrnemo na dom. Potrebuješ zdravila, zato pojdi ven, sicer bomo morali priti po tebe."

Rosalie je vstala: „Zdi se, da sem ti povedala vse, kar moraš vedeti, in to pravočasno." Odšla je do vrat, jih odprla in odšla s spremljevalci.

V zadnjem delu reševalnega vozila, eno minuto, nato v beli sobi. Police in knjige so bile enake, vonj pa ne. Prej ni bilo vonja, zdaj pa je bil hud. Smrdeč. Neprijeten. Kot belilo in gnila jajca.

Skozi steno so vstopile tri ženske, od glave do pet oblečene v črno. Namesto las so imele kače. In še več kač se jim je plazilo po rokah. Poletele so proti njej. Njihova krila, podobna netopirskim, so bila v nasprotju s čistostjo in belino sobe. Iz oči se jim je penila kri, ko so v njeno smer mahali z biči.

Njihov smrad je bil neznosen.

„Povej nam, kar hočemo vedeti," so se v en glas oglasile Furije.

„Ne vem, kaj me sprašujete," je dejala Rosalie in se držala za nos.

**BOLEZEN.**

Prasketanje biča se je dotaknilo kože na licu stare ženske. Ko se je dotaknila obraza in pogledala svojo roko, je bila ta prekrita s krvjo.

„Veš," je rekla Allie, medtem ko je s sestrami še enkrat zamahnila z bičem v bližini starejše ženske.

„Ne vem, kaj misliš."

Knjižna polica se je prevrnila. Če ne bi bilo hitro premikajoče se lestve, bi se Rosalie pod njo zgrudila.

**BOLEZEN.**

Sanjam, je pomislila Rosalie. Moram se zbuditi. Zbuditi se moram ZDAJ in pobegniti od teh groznih smrdečih bitij.

Padla je še ena knjižna polica.

Potem še ena. In še ena.

Kmalu je tudi lestev padla na tla in se odbila. Enkrat, dvakrat, trikrat. Nato se je razbila na koščke.

„O ne!" Rosalie je zavpila.

„Povedala nam boš, ljubezen," je zahtevala Tisi in dvignila starejšo žensko s tal, medtem ko so se njene kačje roke ovile okoli nje.

Rosalijine noge so negotovo visele. Medtem ko so kače stiskale svoje kremplje okoli njenega zgornjega dela telesa.

„Pazi, sestra, saj ji boš povzročila infarkt," je zapiskala Meg in se približala Rosalie. „Daj nam, kar hočemo, ljubezen."

„Ničesar vam ne povem. Ne glede na to, kaj mi boš naredila," je dejala Rosalie.

Bila je tako pogumna. Vedela je namreč, da ni sama. Lia je bila tam in jo poslušala.

„To je popolna izguba časa," je rekla Allie, ko je v zrak poslala bič in zadela celotno steno knjižnih polic. Nekaj krilatih knjig se je s težavo rešilo izpod polic. Ena je skušala poleteti z edinim preostalim krilom.

Tisi se je obrnila proti oddaljeni steni in prižgala knjige. Te so kot domine padale na ubogo Rosalie, ki je bila pokopana pod gorečimi knjigami.

Furije so se glasno in ponosno smejale.

Rosalie je v mislih klicala Lijino ime. Kje si, Lia? je vprašala. Kje si, mala?

V hiši je E-Z odprl svoj prenosni računalnik. „Okej, imeli smo priložnost, da se naspimo. Ali se vsi strinjamo, da nimamo druge izbire, kot da se borimo proti Furiji?"

Lia in Alfred sta prikimala.

„In poiskati moramo te druge otroke in jih pripeljati sem. Mi smo trije in oni trije. Lia, ti pojdi v Phoenix - Mala Dorrit te lahko odpelje ali pa poletiš z letalom."

„Raje imam Little Dorrit."

„Dobro, prvi otrok je razvrščen. Čeprav ne vemo, kako ji je ime in kje točno je v Phoenixu v Arizoni. In to boste morali razčistiti z njenimi starši. To ne bo lahko, saj jim boš moral povedati, v kakšno nevarnost bo prišel njihov otrok."

„Ja, od Rosalie bom moral dobiti več podrobnosti."

„Alfred, lahko greš na Japonsko. Predlagam, da odpotuješ z letalom - dogovoriti se bomo morali o logistiki. Z otrokom boš moral odleteti nazaj, kar pomeni, da ti bodo njegovi starši dali dovoljenje. Ponovno, od Rosalie potrebujemo natančne podatke o tem, kje je otrok. Poleg tega bo obstajala jezikovna ovira, razen če znate japonsko?"

Alfred je zmajal z glavo.

„Poiskal bom prevajalca."

„Priskrbeli ti bomo telefon in nanj boš lahko namestil aplikacijo, ki bi prevajanje opravila namesto tebe. Treba se bo nekaj naučiti,“ je dejal E-Z. „Sploh ker nimaš prstov.“

„To se mi zdi dobro,“ je rekel Alfred. „Takoj bom moral začeti delati s telefonom. Ne bi smelo trajati dolgo, da se ga naučim uporabljati. Medtem lahko Rosalie otroku pove, da sem labod - da ne bo padel in omedlel, ko me bo prvič videl.“

„To je dobra ideja,“ je rekla Lia. „Ampak kako boš tipkal?“

„Lahko uporabljam svoj kljun.“

„Ali pa program, ki se aktivira z glasom,“ je rekel E-Z.

„Super,“ sta v en glas rekla Lia in Alfred.

„In odletel bom v Avstralijo. Z otrokom se bom vrnil z letalom, vendar bo hitreje, če bom šel naravnost tja. Oh, in še nekaj, zamisliti se moramo nad tem, da bi si omislili loputo. Na kakršen koli način se bomo lahko rešili - v primeru, da enega ali več od nas ujamejo, ubijejo ali poškodujejo. Pripravljeni moramo biti na vse. Če bomo umrli, preden bomo končali to stvar, ne bo nikogar, ki bi pobral ostanke.“

„Nadangeli," je Lia zajecljala, nato pa se je ustavila. Zdrznila se je, nato pa ni mogla zajeti sape. Z rokami se je ovila okoli sebe.

„Si v redu?" E-Z je vprašal.

„Šššš," je rekla. Ne v sobi ne v njenih mislih ni bilo nobenih zvokov, vladala je popolna tišina. Njen srčni utrip se je vrnil na normalno raven, prav tako njeno dihanje.

„Lažni alarm," je rekla. „Mislila sem, da je nekaj narobe, kot da sem dobila SOS, ampak zdaj se mi zdi, da je vse v redu."

„Ali se to pogosto dogaja?" Alfred je vprašal.

„Ne," je rekla Lia.

„Dobro, začnimo z možgansko nevihto," je rekel E-Z. Preostanek dneva so preživeli v sestavljanju seznama in ugotavljali, kaj bi lahko šlo narobe in kaj bi lahko šlo dobro.

Odšli so v svoje sobe in spali.

Noč je bila mirna za vse, razen za Rosalie.

Rosalie, katere glas se ni slišal.

Njen glas ni bil slišan.

Pomoč ni prišla.

Bela soba je bila uničena.

Nihče ni prišel rešit Rosalie.

Pred zlobnimi Furijami.

# Zahvala

Dragi bralci,

hvala, ker ste prebrali tretjo knjigo iz serije E-Z Dickens... Žal mi je za žalosten konec, a včasih se takšne stvari zgodijo.

Zadnja knjiga bo kmalu na voljo!

Še enkrat se zahvaljujem vsem ljudem, ki so mi pomagali, da je ta serija postala vse, kar je lahko, kot so moji beta bralci, lektorji in uredniki. Pohvala!

Prijateljem in družini se zahvaljujem za spodbudo in podporo.

In kot vedno, srečno branje!

Cathy

# O avtorju

Cathy McGough živi in piše v Ontariu v Kanadi z možem, sinom, dvema mačkama in psom.

# *Prav tako z:*

**FIKCIJA**

**YA**

E-Z DICKENS SUPERJUNAK: ČETRTA KNJIGA: NA LEDU
(ON ICE)
PLUS OTROŠKA KNJIGA